KB169621

아보카도를 만지며 산책을 합니다

아보카도를 만지며 산책을 합니다

선재서 글·사진

폭스코너

　　영화 〈러브레터〉가 개봉한 무렵이었나. 시네마테크에서 만난 사람과 '음주야간보행'이라는 모임을 한 적이 있다. 술기운에 젖어 야밤을 배회하자는 뜻은 아니고, 밤 산책을 하며 자신의 발걸음에 취한 듯 거리를 거닐어보자는 바람에서 만든 모임이었다. 원고를 쓰면서 그 시절 밤 산책이 자주 떠올랐다. 뻔히 막다른 골목인 줄 알면서도 굳이 끝까지 걸어들어가 담벼락을 손으로 짚어보거나, 낡은 대문을 확인하고 돌아서곤 했다. 걸어 다니며 자주 웃었다.

　　변함없이 산책을 좋아한다. 한동안 산책을 하지 않으면 죄책감이 들 정도로 중요한 생활습관이 되었지만, 여행에 대해서는 무심한 편이다. 여행을 좋아하지도 싫어하지도 않지만, 이상하게 여행을 무조건 좋아하는 사람보다 여행을 진심으로 싫어하는 사람 쪽이 더 마음이 끌리기는 한다. 왜 그럴까. 여행을 싫어하는 사람 쪽이 소수여서 편을 들어주고 싶어서일까. 어쨌든 그럼에도 불구하고 이따금 여행을 떠날 수밖에 없는 시기는 찾아오기 마련이고, 유명한 명소나 근사한 풍광에 관심을 두지 않고, 될 수 있으면 별일 없는 단조로운 여행을 추구하는 취향이어서 자연스럽게 여행지에서의 일과는 대부분 산책을 다니는 시간으로 채워진다.

　　　　십여 년 전, 건강이 나빠졌다. 마음도 덩달아 황폐해졌다. 보다 못한 가족이 규슈 패키지여행을 신청해 반강제로 시모노세키행 여객선에 날 태웠다. 첫 외국 여행이었다. 호텔에서 자고, 온천을 하고, 조식을 먹었다. 쾌적하고 편안했다. 긍정적인 인상으로 남을 수밖에. 재방문할 의사가 있습니까, 묻는 체크란에 표시를 했다. 그해 겨울 간사이공항 활주로를 부드럽게 착륙하는 비행기 기내에는 비행시간 내내 자꾸만 한쪽 날개가 사라지는 상상에 빠진 사람이 타고 있었고, 포근한 겨울 햇빛이 부시던 교토를 돌아다녔다. 중화소바 가게 앞에서 열심히 라멘집을 찾아 헤매다가 나중에서야 중화소바가 라멘을 예스럽게 부르는 이름이라는 걸 알고 나서 더 멍청한 짓을 저지르기 전에 히라가나를 외우기 시작했다.

　　　　삿포로 어느 동네에서 귀가하던 길이었다. 걷다 보니까 이만큼 온 길이 다시 걸어서 돌아가기에는 먼 거리여서 버스를 탔다. 뒷자리에 앉은 학생이 나지막이 혼잣말을 했다. "サンマのさしみくいたい." (꽁치회 먹고 싶어.) 풋, 웃음이 터지려는 입술을 깨물었다. 제멋대로 의역하자면 학업에 지쳐 피곤한 학생이 나른하게, "아, 오늘 세발낙지탕탕이 당기네"쯤 되려나. 불현듯 산책기를 써야겠다는

생각이 들었다. 오랫동안 산책에 의지해왔으니까 할 이야기가 있을 것 같았다.

갖고 있는 카메라가 니콘 FM2뿐이어서 틈틈이 사진을 찍을 겸 챙겼다. 필름 카메라니까 어쩐지 산책과 잘 어울리는 조합. 한나절 목에 걸고 다녔다. 목디스크가 올 것만 같았다. 중고장터에서 이십만 원 주고 콘탁스 T2를 샀다. FM2와 T2. 〈스타워즈〉 루크 스카이워커의 든든한 조력자 R2D2처럼, 산책 도중 만나는 평범하고 흔한 풍경을 흐뭇하게 바라볼 수 있게끔 도와줄 것 같았다.

산책을 할 때마다 이제 그만 빛바랜 그리움을 단념해야겠다는 생각을 한다. 마치 발걸음이, 마음이 지워지는 단위인 양 한 걸음씩 내딛을 때마다 나의 정감과 슬픔을 포기해야겠다는 다짐을 한다. 공원이 나타나면 공원을 거닐고, 어쩌면 공원만은 이 무의미한 산책을 이해하고 응원해줄 거라 믿으면서 공원을 벗어나는 사람을 바라본다. 나도 곧 저 사람처럼 공원을 벗어나는 사람이 되겠지. 그것만으로 충분했다.

그냥 모퉁이를 돌았을 뿐인데, 위안을 얻을 때가 있다.

2018년 9월 선재서

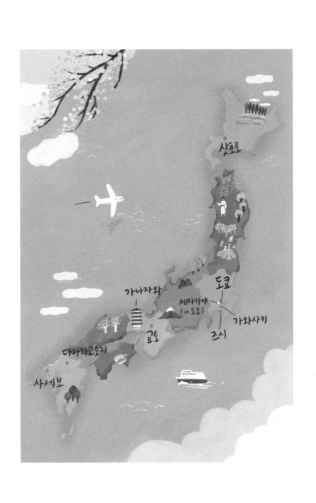

산
책

1

우리는 누구나 누군가에게

잊힌 사람이니까

사세보 [佐世保]

• 산책 1 〈사세보〉 편은 그날의 분위기를 적절히 담아내기 위해 작가와 함께 걸었던 그녀의 시점으로 써진 것입니다. — 편집자 주

나가사키 터미널 뒷골목 식료품점에서 밀감을 산다. 한 소쿠리에 이백오십 엔. 사세보로 가는 버스 안에서 먹을 밀감. 그녀는 버스만 타면 실신하듯 곯아떨어져버린다. 기면증 환자처럼 잠이 들곤 한다. 긴 세월 불면증에 시달렸던 그녀의 밤. 그 까마득한 밤의 시간이 남긴 후유증인지도 모른다. 그녀는 모처럼 떠난 여행이니까 창밖 풍경을 오래 바라보고 싶다. 밀감을 담은 봉지를 조금 들었다 내려본다. 잠이 쏟아질 때마다 한 알씩 먹으며 졸음을 쫓을 요량으로 산 밀감. 마치 밀감의 무게와 잠의 깊이를 견주어보듯, 봉지를 들었다 내려본다.

　　사세보행 버스가 달린다. 고가도로를 달리는 창밖으로 바다가 보인다. 그녀는 밀감을 쥔 손을 무릎 위에 내려뜨리고 바다를 본다. 바다는 새파랗다. 가을로 접어든 하늘도 파랗고, 구름도 떠 있다. 어떻게 바라봐야 할지 모를 하늘이다. 카프카가 그랬나. 구름은 나보다 약해서 느리게 흘러간다고. 바다는 반짝이고 하늘은 눈부시지만, 그녀는 눈을 찌푸리지 않고 밖을 본다. 쏟아지는 햇볕에 눈을 감으면 눈두덩이 따뜻해지면서, 잊은 줄도 몰랐던 순간들이 떠오를 것만 같다. 언뜻 잠이 들었던 건 아닌지, 헷갈리는 시간이 흐른다. 밀감을 벗긴다. 상큼한 냄새가 번지고, 침이 고인다.

밀감을 한 조각 떼어내 입으로 가져가는 그녀의 입술이 귤, 하고 말할 것만 같다.

그녀는 밀감의 일본말을 떠올려보다가, 사과의 일본말이 먼저 생각난다. 예전 사과의 일본말을 찾던 중에 같이 외우게 된 사과를 부르는 여러 나라말도 주문처럼 따라 생각난다. 뽐. 만사나. 앞 펠. 핑궈. 일본말로 사과는 링고. 빨간 사과는 링고. 사 등분 내서 먹는 사과는 링고. 한때 통째로 한 입씩 씩씩하게 베어 먹었던 사과는 링고. 그녀는 두 손에 사과와 링고를 올려놓은 듯이 번갈아가며 사과, 링고, 사과, 링고, 발음해보고서 수첩을 꺼내 쓴다.

사과보다 링고가 낫다. 링고보다 사과가 맛있다.

사세보에 도착한 그녀는 바로 터미널 밖으로 나가지 않고, 승차장 대기석 끝자리에 앉는다. 마치 곧 출발하는 버스를 기다리는 승객인 양 앉아 있다. 방금 도착한 그녀가 지금 떠나는 사람들을 구경한다. 제복을 갖춰 입은 버스 기사가 탄산음료를 마시는 모습이, 그녀는 마음에 든다. 아디다스 숄더백을 앞으로 둘러메고 휴대폰을 들여다보는 여학생의 무표정이, 그녀는 마음에 든다.

나가사키로 돌아가는 마지막 차편을 확인해두기 위해 버스 일정표를 살핀다. 그녀는 처음 온 이 도시에서 갈 수 있는 낯선 지명들을 읽어본다. 우레시노, 이마리, 사이카이바시, 히라도, 세치바루, 에무카에.

江迎이라는 한자에 눈길이 간다. 강을 마중 나온 마을. 그녀는 저 마을로 흘러드는 강의 이름이 궁금해진다. 어쩌면 저 마을은 강이 흐르지 않는 고장인지도 모른다. 저 지명의 유래는, 강줄기에서 멀리 떨어져 산으로 둘러싸인 지형이어서 그렇게 불리게 된 건지도 모른다. 아니다. 저 마을은 한가로운 바닷가 마을일지도 모른다. 여기는 어느 방향이든 바다와 가까운 지역이니까. 바닷물에 섞이는 강을 배웅하는 한적하고 조용한 바닷가 마을일지도 모른다. 그럴지도 모른다.

그녀는 처음 온 도시의 터미널 승차장에 앉아 버스 일정표에 적혀 있는 낯선 지명을 물끄러미 보며 마을 풍경을 상상하는 자신의 모습이 조금 우스워서, 조금 웃는다.

버스터미널을 나오자, 부담스러울 정도로 날씨가 좋다. 구름 한 점 없는, 갈 데까지 간 하늘이다. 큰길 건너편에 사세보 역이 보인다. 역 안 관광안내소에 들러 지도를 받아 나온다. 역으로 들어온 입구 반대편으로 나가면 멀지 않은 거리에 항만이 있다. 가는 길에 멜론소다를 산다. 그녀는 멜론소다 색깔을 좋아한다. 그녀에게 멜론소다의 초록색은, 들을 때마다 매번 웃게 되는 엉뚱한 유머 같다. 항만을 따라 쇼핑몰이 늘어서 있다. 어디선가 음악소리가 들린다. 이마에 수건을 두른 반백의 남자가 홀로 낚싯대를 드리운 채 졸고 있다. 멀리 해군기지에 정박한 군함의 사령탑이 보인다.

한동안 그녀는 일렁이는 바닷물을 내려다보며, 바다가 푸른색이어서 다행이라는 생각을 한다. 물 위에 띄엄띄엄 떠 있는 갈매기를 쳐다보며, 펠리컨이, 펭귄이 둥둥 떠다니는 상상도 한다. 쇼핑몰과 이어진 에스컬레이터를 타고 올라가는 사람의 뒷모습이 기억에서 얼굴이 흐릿하게 지워진 사람을 떠올리게 한다. 완벽한 망각 속으로 사라진 시간들. 그 시간을 살아 그리워할 수도 없는 사람들. 그녀는 문득, 발아래 웅크리고 있는 자신의 그림자가 낯설다. 그림자가 자신에게 슬며시 훈수를 두는 것만 같다.

걱정하지 마. 우리는 누구나 누군가에게 잊힌 사람이니까.

옅은 조소를 머금은 채 자신을 지그시 응시하는 그림자를 향해 그녀는 손가락을 오므렸다 편다. 손발이 오글거려서 못 들어주겠어. 그 제스처다.

그녀는 다시 사세보 역 앞으로 돌아와 시내버스 정류장에서 노선도를 건성으로 보다가 처음 온 버스를 탄다. 아무 곳이나 마음 내키는 데서 내릴 생각이다. 좌석에 앉자마자 버스가 고딕 양식의 성당 앞을 지나간다. 연한 베이지 톤의 건물 색 때문인지 어딘가 장난감처럼 귀여운 구석이 있다. 첨탑 아래 하얀 예수상이 두 팔을 활짝 펼치고 서 있고, 성당으로 오가는 지그재그 계단을 한 사람이 올라가고 있다.

그녀는 여행을 떠나기 전날 세례를 받은, 지난여름에 태어난 조카를 생각한다. 세례명은 이냐시오로 정했다고 한다. 그녀는 아직 조카를 만나지 못했다. 사진으로 본 조카는 그녀의 오라비를 빼닮았다. 엄지발가락보다 긴 검지발가락의 길이마저 물려받았다고 한다. 그녀의 조카는 그녀가 지어준 이름으로 한동안 불리다가, 회오리바람 선(颸) 자가 아무래도 마음에 걸리는 조부모의 은근한 반대로, 제 아빠가 새로 지은 이름으로 다시 불리고 있다고 한다. 바꾼 이름이 태명으로 썼던 이름과 동음이의여서 그런지, 이름을 부를 때마다 더 잘 눈을 마주치고 쉽게 웃는다고 한다.

육교를 지나간다. 육교는 재래시장의 입구와 이어진다. 낡은 가게들이 저마다 빛바랜 차양을 길게 늘어뜨려놓아서 그늘이 유난히 짙고 축축하게 느껴진다. 몇 정거장을 더 가서 그녀는 버스에서 내린다. 왜 내리는지 자신도 모른 채 내린다. 그저 내릴 때가 되어서 내리는 듯한, 뜬구름 잡는 소리와 비슷한 기분이 들 뿐이다. 버스에서 내리자 소도시의 흔한 대로변이다. 왜 내렸을까 후회가 든다. 사실 그녀는 버스 하차 문이 열리고 계단에 발을 내딛는 순간 후회를 직감했다. 그런데 그녀는 막상 후회를 하고 보니, 대체 왜 자신이 후회를 직감했고, 왜 직감대로 후회에 빠졌는지 별다른 이유를 찾을 수가 없다. 단지 이유 없이 버스에서 하차한 것처럼, 어디에서 내렸더라도 후회했을 거란 짐작만이 들 뿐이다. 주변을 둘러본다. 어렴풋한 기시감인지, 기립성 현기증인지 모호한 느낌이 눈앞을 맴돌다 사라진다.

　　　　　백팩에서 지도를 꺼낸다. 그녀는 길 위에 우두커니 선 채 지도를 펼쳐 들고 길을 찾는 일을 싫어한다. 왜냐하면 그녀는 지도를 잘 볼 줄 모르니까. 길치이자 방향치인 그녀에게 지도는 멀미나는 팔절지일 뿐이다. 정어리 떼를 추적 중인 선장이 응시하는 해류도와 별 차이가 없다. 그녀에게 지도는 낯선 이에게 길을 묻기 전에, 나는 당신에게 길을 물어볼 예정입니다, 하고 분위기를 자아내는 데 필요한 소도구에 불과하다. 주변과 지도를 번갈아가며 확인하는 무의미한 행동으로 그녀는 점점 어지러워진다. 그저 한심하고 안쓰럽고 딱하다. 그녀는 녹색으로 칠해놓은 공원의 위치를 대충 확인하고 지도를 접는다.

그 잠깐 사이에, 어딘가 속이 불편해진 그녀는 편의점에서 가리가리군을 하나 산다. 비닐을 벗기고 가만히 들고만 있어도 이상하게 마음이 편안해지는 가리가리군. 한 입 깨물어 아작아작 씹으면 괜히 유치한 장난이 치고 싶어지는 가리가리군. 눈물이 흘러내린 볼을 쓱 닦아내는, 나무막대를 꼭 쥔 손과도 제법 어울리는 가리가리군. 잠깐 외출하려는 형제의 등 뒤에 대고, 가리가리군 사와! 하고 소리치기 적당한 가리가리군.

그녀는 길 한쪽에 서서 가리가리군을 다 먹고 새로운 마음가짐으로 길을 나선다. 아이스바 하나에 이렇게 기분이 달라지는 자신의 모습이 그녀는 하나도 부끄럽지 않다. 지난날 지긋지긋하게 부끄러움을 앓던 세월을, 하염없이 자신을 못살게 굴던 수줍음의 세계를, 그녀는 떠난 지 오래다.

도로를 건너 모퉁이를 돈다. 한 블록을 지나자 아케이드 상점거리가 나온다. 양옆으로 상점거리가 길게 뻗어 있다. 느닷없이 나타난 번화한 거리가 실제보다 활기차게 느껴진다. 바람결에 빵 냄새가 희미하게 묻어난다. 그녀는 슬쩍 허기가 돌지만 아직은 밥 생각이 없다. 가벼운 몸으로 걸어 다니며 기분 좋은 공복감을 그대로 유지하고 싶다. 그녀는 아케이드 거리로 들어서지 않고, 멀리 도로 끝머리에 보이는 숲으로 바로 향한다. 숲으로 건너가는 다리 앞 계단 벽면에 사람의 여러 동작을 단순화한 형상이 새겨져 있고, 한편에 SASEBO PARK라고 쓰여 있다. 어림짐작으로 찾아 나선 지도에서 봤던 그 공원이다.

공원을 거닌다. 쉼터 옆 안내판에 저절로 눈길이 간다.

치한주의.

이 공원에서는 가끔 치한도 출몰하는 모양인지, '치한'은 빨간색으로 '주의'는 검은색으로 써놓았다. 그녀는 어쩐지 등 뒤에서 치한이 다가와 자신의 어깨를 톡톡 치며 말할 것 같다.

"지금 여기서 뭐 하는 겁니까?"
"산책하는 중인데요."
"산책 중이라구?"
"네, 산책 중이에요."

"산책하는 얼굴이 아닌데."

"산책하는 얼굴이 아니라뇨?"

"그게 어떻게 산책하는 얼굴이야?"

"산책하는 제 얼굴이 어때서요?"

"그만, 산책을 끊으라구!"

"싫어. 산책할 거야!"

"그까짓 산책이 뭐라고."

"내겐 산책이 전부야."

"산책은 무의미하고 쓸데없는 짓이라구!"

"그래서 산책을 하는 거잖아."

"산책 말고 다른 거 해!"

"산책 대신 다른 거 뭐!"

"산책만 아니면 돼!"

"싫어! 산책으로 끝장을 볼 거야!"

실랑이가 눈 깜짝할 사이에 오가고, 결국 성희롱에 실패한 채 쓸쓸히 떠나는 치한의 뒷모습을, 그녀가 애처롭게 바라보는 장면으로 끝을 맺는, 소박한 공상에 멍하니 잠겨본다.

오스트리아 작가 토마스 베른하르트(Thomas Bernhard)의 말이기도 하다.

나무 그늘 아래 앉아 쉰다. 나뭇잎 사이로 햇살이 부서진다. 이 나라에서는 저런 햇살을 한 단어로 표현하는 말이 있다. 木漏れ日. '고모레비'라고 읽는다. 나뭇잎 사이로 비치는 햇빛을 뜻한다. 벤치에 눕는다. 햇빛이 비치는 자리에 홀로 햇빛만 남은 것 같다. 오래도록 나뭇잎과 나뭇잎 사이에 햇빛이 닿아서 닳아버린 부분이 서로 닮아 보인다.

　　그녀는 햇볕을 쬐는 일, 해바라기를 뜻하는 낱말도 생각난다. ひなたぼっこ. '히나타봇코'라고 읽는다. 풀밭 위에 흰빛이 낮게 떠 있다. 그녀는 자신의 슬픔이 저만큼의 두께로 한 꺼풀 벗겨질 것만 같다. 고모레비와 히나타봇코. 그녀는 두 낱말이 뜻은 서로 다르지만, 둘 다 눈을 감고 미소 짓는 창백한 얼굴과 잘 어울리는 어감이라고 생각한다.

　　공원에 바로 인접한 곳에 종합병원이 서 있다. 그녀는 가만히 병원을 올려다보며, 공원을 내려다보는 입원 환자들의 눈빛을 생각한다. 그녀는 이만 다른 곳으로 가려고 걸음을 옮기다가, 다시 되돌아와 병원에서 잘 보일 만한, 그늘이 지지 않은 곳에 자리를 잡고, 허리를 굽혀 무언가 찾는 시늉을 한다. 병실 안의 사람이, 저 사람은 무얼 찾고 있는 걸까, 하고 문득 호기심이 들게끔 그녀는 적당한 범위를 정해놓고, 발밑에서부터 몇 걸음 떨어진 주변까지 시선을 옮겨가며, 중간중간 나무 위나 놀이터같이 엉뚱한 곳에다 한동안 눈길을 두기도 하면서, 살펴보는 시늉을 한다. 결국 잃어버린 것을 찾지 못한 채 돌아서는 낙담한 어깨를 연기하며 되돌아가다가, 되돌아가다가, 되돌아가다가, 어라! 여기 있었네! 를 뜻하는 과장된 동작으로 잃어버린 뭔가를 줍는 척, 바닥에서 돌멩이든 종이쪼가리든 아무거나 주워 손에 쥐고, 시원하게 기지개를 한 번 켜는 것으로 일단락되는, 양지바른 잔디밭을 무대로 펼쳐진 어설픈 연극은 그렇게 끝이 난다.

공원에서 나와 아케이드 상점가를 걷는다. 거리가 한산하다. 편의점에서 삼각김밥을 사서 요기를 한다. 저만치 서점이 보이기에 잠깐 들렀다 가려다. 정작 서점 앞에 와서는 들어가지 않고 그냥 지나친다. 그렇게 장난감 가게도, 파친코도, 오리엔탈 잡화점도, 양과자점도, 이번에는 정말 들렀다 가볼까 마음먹었다가도, 막상 가게 앞을 지나는 순간이 오면, 전혀 망설이는 기색 없이 지나쳐버린다. 그녀는 제 스스로 생각해도 어이가 없는 모양인지 실소가 나온다. 아케이드 상점가를 빠져나오자 버스를 타고 지나는 길에 봤던 재래시장이 보인다.

시장을 오가는 사람이 한 명도 없다. 가만히 서서 이쪽을 보고 저쪽을 봐도 아무도 다니지 않는다. 나지막한 언덕길을 따라 늘어서 있는 퇴락한 재래시장의 풍경이 어딘가 막연하게 아름답다. 사람이 단 한 명도 보이지 않아서 그렇게 보이는 것 같다. 생선가게 곳곳에 물고기 그림, 게 그림, 오징어 그림이 붙어 있다. 촌스럽고 예쁘다. 가만히 서면 시간도 따라 멈추고, 걸음을 내딛으면 시간도 다시 흐르기 시작하는 듯한 느낌이 발목에 나른하게 감긴다.

주택가를 걷는다. 까마귀 울음소리가 들린다. 가까운 데서 먼 데로 날아가며 우는 소리다. 이불을 내다 말리는 집이 많다. 길바닥에서 고양이가 자고 있다. 당연히 고양이를 구경한다. 애정 어린 눈길로 보다가 점점 부러운 눈빛으로 변한다. 한 번쯤 실눈을 떠 주변을 살필 법도 한데 깊이도 잠들었다. 그녀는 고양이가 누워 있는 자리가 자신의 그림자 머리 꼭대기 부근이어서 고양이를 모자처럼 그림자에 씌워본다. 생각보다 재밌지는 않다. 까마귀가 또 운다. 먼 곳에서 더 먼 곳으로 날아가며 운다.

큰길로 나온다. 다리와 등허리가 뻐근해서 버스정류장 의자에 앉아 쉰다. 한쪽 어깨에서부터 등줄기를 타고 퍼지는 피로감이 자신의 몸이 아닌 다른 먼 곳에서 전해져오는 것처럼 아득하다. 인기척이 나서 옆을 봤더니 노인이 정류장으로 들어선다. 노인은 지팡이를 짚고 잠깐 서 있다가 빈자리에 가서 앉는다. 곧이어 뒤따라 다른 노인이 와서 노인 옆에 앉는다. 조용하다. 혼자 있을 때는 익숙했던 고요가 새삼 낯설다. 둘은 짧게 대화를 나눈다.

"날씨가 좋네요."

"그렇네요."

"바람도 없고."

그녀는 입엣말로 '바람도 없고'라는 말을 나지막이 따라 해본다.

버스가 온다. 뒤에 왔던 노인이 일어나 버스를 탈 채비를 한다. 버스는 정차하고, 내리는 승객은 없고, 노인은 느리게 버스에 오른다. 그녀는 어느 정도 쉬었으니까 이만 다른 곳으로 자리를 옮길 만도 한데, 딱히 정해놓은 목적지가 없어서인지, 아니면 그저 노인과 둘이서 조용하게 앉아 있는 시간이 왠지 오붓하게 느껴져서인지, 잠깐 발품을 쉬고 가려고 했던 처음 생각보다 긴 시간을 정류장에서 보낸다.

노인이 일어난다. 기다리고 있던 버스가 온 모양이다. 노인은 버스를 탄다. 그런데 바로 뒤따라 그녀도 버스에 오르고 있다. 너무나 자연스럽게 버스를 타고 있다. 버스정류장에 한참 앉아 있다 보니까 어쩐지 버스가 간절히 타고 싶어진 건 아닐 텐데, 어쩐 일인

지 그녀는 처음부터 버스를 기다리고 있었던 사람인 양 태연하게 버스에 몸을 싣는다. 승객이 몇 없다. 그녀는 두어 시간 전에 탔던 버스와 똑같은 자리에 가서 앉는다. 버스는 달리고 그녀가 무심결에 내렸던 정류장을 지나간다. 그녀는 희미하게 웃다가 꾸벅 존다.

잔다. 차창에 머리를 기대고 잔다. 감은 눈 앞에 어떤 흐릿한 윤곽이 아른거린다. 아무래도 고양이 실루엣 같은데 자세히 보려고 하면 더 흐려진다. 꿈이든 상상이든 고양이가 등장할 만도 하다. 나가사키 숙소 앞 공동묘지를 시작으로 골목 어귀 곳곳에서 하루도 빠지지 않고 고양이를 만나왔으니까. 만날 때마다 매번 오랫동안 눈인사를 주고받다가 결국 참지 못하고 야옹 하고 말을 걸면 오냐 하고 대답하는 녀석도 있었으니까.

버스는 달리고 그녀는 잔다. 그녀는 잠을 잔다. 그녀가 꾸는 꿈이 고양이 꿈인지, 고양이가 그녀를 꾸는 중인지 어느 쪽인지 헷갈리게 잠을 잔다.

갑자기 버스의 진동이 거칠어진 기분이 들어서 그녀는 잠에서 깬다. 잠기운이 가득한 눈으로 두리번두리번 차창 밖을 내다본다. 버스가 가파른 산길을 올라가는 중이다. 뒤를 돌아 차 안을 확인해보니 승객이 아무도 없다. 종점에 거의 다 온 모양이다. 이상하

게 그녀는 하나도 당황하지 않고 이런 일에 익숙한 듯 하품을 크게
하며 남아 있는 잠기운을 마저 털어낸다.

문득 그녀는 십여 년 전 버스에서 잠들어 종점에서 내리
는 바람에 하필 돌아가는 막차도 끊겨 사방이 논밭인 소도시 교외의
밤길을 하염없이 걷다가 환하게 불을 밝힌 병원 간판을 보고 잠깐
들어가 쉴 요량으로 응급실 구석에 앉아 쉬다 자기도 모르는 사이
잠이 들어버린, 참 편안했던 인조가죽 의자가 생각난다. 그 밤, 스스
로 생각해도 많이 고단하긴 했지만, 피곤이 쌓인 정도와 무관하게
허리가 전혀 배기지 않고 신기할 정도로 편안했던 그 인조가죽 의자
의 느낌만큼은 지금도 생생히 기억한다.

버스가 산꼭대기에 자리한 학교에 도착한다. 버스 기사
는 먼저 와서 주차해 있는 다른 버스 뒤에 차를 세우고 시동을 껐다.
종점이다. 그녀가 버스에서 내리자 하교 중이던 몇몇 학생이 그녀를
힐끔힐끔 쳐다본다. 그녀는 아무래도 마땅히 갈 곳이 없어서 잠시
학교 앞 주차장에 우두커니 서서 주변을 둘러본다. 화단이 보이기에
무심결에 가볼까 하다가 관둔다. 버스에서 내리자마자 곧장 화단으
로 향하는 동선은, 통나무로 만든 정류장에 앉아 재잘재잘 떠들어대
며 버스의 발차 시각을 기다리는 한 무리 학생들의 은근한 시선을
받는 지금, 아무래도 쉽게 이상한 사람으로 오해를 살 만한 행동일

수 있으니까.

　　학교 안 어딘가에서 관악기를 서툴게 연주하는 소리가 들리고, 간간이 웃음소리도 섞인다. 그녀는 앞이 훤히 트인 정문 쪽으로 걸음을 옮긴다. 마침 정문 근처 키 작은 나무 담장 사이로 사람 한 명이 드나들 정도의 샛길이 나 있어 그곳으로 들어가본다. 두어 명이 적당히 떨어져서 앉을 정도의 풀밭이 나온다. 바로 앞은 벼랑이다. 그녀는 발아래 펼쳐진 풍경을 바라본다. 아무 곳이나 높은 산 등성에 올라가면 어디서나 볼 수 있는 흔한 풍경이다. 그런데 그녀는 이상하게도 그런 특별할 것 하나 없는 풍경 앞에서 희한하게 눈시울이 붉어진다. 그녀는 아, 왜 이래. 뺨으로 흘러내리려는 눈물을 닦으려는데, 달깍 스위치가 올라가듯 울음이 터진다.

　　운다.

　　많이 늦은 울음이다. 그녀는 울어야 한다.

종점

이 버스의 종점은 어디일까. 옆자리에서 졸고 있는 노인 때문에 버스에서 내릴 수가 없다. 한없이 느린 노구를 끌고 버스에 올라 간신히 내 옆 좌석에 착석한 노인을 차마 깨우지 못하겠다. 자리에 앉는 순간 내쉬던 영혼이 빠져나오는 듯한 날숨소리가 아직도 귓전에 남아 있다. 언덕길을 오르는 차창 밖으로 잠깐씩 바닷빛이 비친다.

노인이 깬 기척이 난다. 하차해야 할 정류장에 다 와 가는 모양이다. 과속에 급제동이 일상인 우리 동네 버스를 이 노인이 탔다면 굼뜬 걸음 때문에 험한 말을 듣고 모욕을 당했겠지. 아니구나. 버스에 오르거나 내리는 중에 일찌감치 비명횡사했을 테니 그런 수모를 당할 겨를도 없겠다.

어느새 버스에는 노인과 나 둘뿐이다. 승객들이 전부 내리고 둘이서 붙어 앉아 있으니까 마치 부자지간 같다. 일본에서 북한으로 넘어간

할아버지가 살아 있다면 비슷한 나이겠지. 젊은 시절 사진으로밖에 본 적이 없는 사람. 할아버지의 첫 번째 부인은 저수지에 투신해서 자살했고, 두 번째 부인은 내 할머니이고, 세 번째 부인은 자식들과 함께 일본에 남겨졌지. 아마 일찍 처형되지 않았다면 북한에서 네 번째 부인을 만나지 않았을까 싶다.

드디어 노인이 내릴 채비를 한다. 지팡이를 손에 쥔다. 버스가 정차하고 노인이 하차 문을 향해 걸어간다. 잠시 시간이 멈추고 노인 홀로 짙푸른 융단 위를 아주 천천히 걷는 느낌이다. 운구차에 실려 있는 자신의 육신을 따라오는 혼령의 보행법이 저렇지 않을까 싶다. 버스 기사는 혹시 모를 낙상을 대비해 계단 앞에서 기다린다. 버스에서 무사히 내린 노인의 어깨가 작게 부풀었다가 줄어든다.

바로 종점에 도착했다. 뉴타운 주택 단지다. 지대가 높은 곳이니까 바다가 보일 것 같아서 전망이 훤히 트인 장소를 찾다가 금방 바다는 봐서 뭐 하나 싶어 관뒀다. 가을 뙤약볕이 내리쬐는 모래 운동장 한편에 가만히 서서 근처 테니스 코트에서 들리는 공소리를 들었다. 지금쯤 집에 도착한 노인이 거실에 앉아 시원한 우롱차를 마시고 있을 것만 같았다.

문학소년

소년을 문학소년답게 만드는 것은 손에 들고 있는 문고본이 아닙니다.

글씨가 작은 책을 읽기 위해서는 등을 구부정하게 숙여야겠지요.

그러나 그런 자세 때문에 소년이 문학소년으로 보이는 것은 아닙니다.

이마를 다 가린 앞머리야 시간이 그만큼 흘렀으니까 내버려둔 대로 자랐을 뿐

잘라낸 머리카락의 길이가 우연히 책장이 넘어간 두께와 엇비슷할 때

소년의 감수성이 가는 손마디만큼 넓어졌다고 해서

자꾸만 한 뼘 두 뼘 늦어버리기 시작했다고 해서

소년을 문학소년으로 만드는 것은 아닙니다.

소년이 소년에 머물지 않고 문학소년이 돼버린 사정이야 얼마든지 찾을 수 있겠지만

하마터면 반짝이는 미소년이 될 뻔한 소년이

하필이면 문학소년이 된 까닭이야 간단명료하겠지만

고개를 들고 잠시 앞을 바라봐야만 하는 문장을 읽은 소년이

문학소년이 되기 이전에 소녀를 만났다면

서로를 훔쳐보다 눈빛이 엇갈리는 횟수는 얼마나 달라졌을까요.

어느 날 소녀가 어깨를 두드리고 말을 건 상대는

소년이었을까요.

문학소년이었을까요.

나비

그렇게 불러야 할까요.
나비의 이름은 화려하지요.
의미심장한 호명에 상처받지 않았을까요.
나비는 억울하지 않을까요.

다치지 않을 만큼 나비를 따라다니며
앉았던 자리를 선으로 이어볼까요.
꼬리명주나비에서부터 작은멋쟁이나비까지
나의 부족한 안목만큼
나비의 이름은 흔들릴까요.

아직도 나의 실수로
상처받을 사람이 남아 있을까요.
여러분의 진절머리 나는 수줍음에서
나는 빼주세요. 정도껏 하세요.

고양이가 앉았다 가네요.
길모퉁이의 우연을 다스려야 하므로
한없이 부드러운 허리로 태어나

붉은 목구멍이 마를 때까지
잠을 고백해야 해요.

시간은 벌어지는 분홍 덧날이니까.
실눈을 덮고 번지는 분홍은 적이 없고
고요를 적시는 입다심처럼
귀 끝에 내렸다 떴다 내렸다 뜨는

나비를 오래 생각하는 일은
나비를 생각하는 일일까요.

흩어진 바람 따라 파인 발자국을
우르르 우르르 쫓아가나요.

외롭지 않았다면

아무것도 견디지 못했겠지

삿포로 [札幌]

'호우 사우 우(ホウ サウ ウ)'. 약봉지에 적힌 이름을 한쪽 눈으로 읽어본다. 다른 눈은 거즈를 붙여놔서 볼 수가 없다. 그나마 난시인 쪽에 거즈를 붙이게 돼서 다행이긴 하다. 간호사에게 좀 더 정확한 발음으로 이름을 불러줄 걸 그랬나. 뭐 어차피 받침을 한 음절로 기록해야 하는 문자니까 별 차이가 없긴 하겠지만. 그래도 이왕이면 ウ 대신 ン으로 적혔더라면 보기에 좋았을 텐데. 책이랑 발음이 똑같아서 마음에도 들 테고.

약봉지에 적혀 있는 이름은 마치 병명을 예감했다는 투로 가타카나 ウ가 탕탕탕, 선고를 내리듯 찍혀 있다. 사흘 전부터 왼쪽 눈두덩에 기분 나쁜 열기가 느껴져서 설마 했는데, 어제 아침 깨어나보니까 작은 포진이 일어나 있었다. 귀밑을 만져봤더니 림프샘이 단단하게 부은 것을 확인할 수 있어서, ウイルス, 그러니까 바이러스 염증, 정확하게는 헤르페스 감염을 확신했다. 가까운 드럭스토어에 항바이러스 연고가 있는지 물어봤지만, 의사의 처방전이 필요한 약이니까 당연히 구할 수 없었고, 하필 휴일이라 병원도 약국도

일본말로 책(本, ほん)은 홍과 혼의 중간 발음쯤 된다.

모두 문을 닫은 상황이어서, 경험상 순식간에 증상이 악화되는 경향을 잘 알기에 마음이 조급해져서, 혹시나 종합병원 응급실에서 약을 구할 수 있을까 싶어 구글 지도를 검색해 두 군데를 찾아갔지만, 두 곳 다 전문종합병원이라 응급실이 없었다. 병원 직원은 Emergency를 알아듣지 못했고, 메모지에 써간 應急室 역시 처음 보는 한자인 듯 이해하지 못했다. 결국 오늘 중에 치료는 단념하기로 하고 숙소로 돌아갔다.

눈두덩을 타고 이마로 번지는 염증을 신경 쓰지 않고 최대한 태연하려고 했지만, 나도 모르게 침울해져서 자주 한숨이 나왔다. 한숨 자고 일어났더니 따끔따끔 통증을 유발할 정도로 증세가 악화되어 있었다. 가만히 숙소에만 있으면 괴롭기만 할 테니까 잠깐 밤 산책을 나와 아이스크림을 먹으며 기분전환을 시도했지만, 역시나 마음이 무겁게 가라앉는 건 어쩔 수 없었다. 오늘 밤 염증은 더 넓게 번질 것이고, 내일 처방을 받는다고 해도 최소한 사나흘 동안은 몰골이 엉망일 게 분명했다. 남은 여행 일정을 망쳐버린 거야 하나도 상관없었지만, 우선 내일 의료보험이 적용되지 않는 진료비와 약값이 과연 얼마나 나올지 가늠이 안 돼서 살짝 걱정이 되었다. 치토세 공항까지 가는 교통비는 남아야 할 텐데.

오늘 아침 잠을 깨 눈을 뜨려니까, 역시나 왼쪽 눈이 떠지지 않을 정도로 부풀어 있었다. 도저히 거울을 볼 엄두가 나지 않아 욕실 불을 켜지 않은 채 양치질을 하고 병원에 갈 준비를 했다. 출근길 사람들이 나를 보고 놀라지 않게끔 거즈를 눈과 이마에 붙이고 나왔다. 먼저 약국에 들러 항바이러스제를 살 수 있는지 물어봤지만, 역시 처방전이 필요했다. 약사는 친절하게 가까운 피부과를 찾아보고 지도를 인쇄해줬다. 와타나베 피부과. 와타나베라. 와타나베 하면 와타나베 켄지. 그가 출연한 최근 영화를 뭘 봤더라. 〈배트맨 비긴즈〉? 아닌데, 너무 옛날인데. 아, 〈인셉션〉. 아, 〈고질라〉에도 나왔었구나. 다른 와타나베는 누가 있더라. AKB48 멤버 중에 있는 것 같기도 한데 아닌가. 아! 〈카우보이 비밥〉. 와타나베 신이치로도 있구나. 이렇게 병원까지 십 분가량 걸리는 길을 평상시와 다름없이 잡생각을 하며 걸어갔다.

병원 문을 열고 들어가 신발을 벗고 슬리퍼로 갈아 신는데, 발등을 편안하게 감싸는 슬리퍼의 느낌 때문인지 기분이 느슨해졌다. 접수대로 향하는 나를 쳐다보는 간호사의 눈빛에 안쓰러움이 섞여 있었다. 오랜만에 받아보는 따뜻한 눈빛에 슬쩍 응석을 부리고 싶은 마음이 들었지만, 바로 정신을 차리고 약간 초연한 표정을 가장하며 천천히 사정을 설명했다. 접수를 하고 진료실 앞 대기실에서 기다렸다. 이른 시간이었는데도 먼저 와서 기다리는 환자들이 꽤 있었다.

진료실로 들어가 눈과 이마에 붙이고 있던 거즈를 뗐다. 의사의 눈이 커졌다. 감추려고 해도 놀란 표정이 역력했다. 생각보다 증상이 심한 모양이었다. 다른 의사를 불러와 함께 살펴봤다. 두 눈을 감은 채 설명을 해줬다. 몇 년 전에 같은 증상으로 병원에 간 적이 있습니다. 아마 헤르페스 감염일 겁니다. 항바이러스제를 처방해주시면 될 것 같습니다. 의사가 그래도 혹시 모르니까 염증 검사를 해보자셔서 검사를 기다리는 동안, 간호사가 솜으로 진물을 짜냈다. 이렇게 잡균에 감염된 염증을 제거해줘야 약이 잘 든단다. 알고 있다. 전에도 똑같이 치료받았다. 아파서 으으 소리가 났다. 간호사가 이것저것 물었다. 여행 중이에요? 예. 서울에서 왔어요? 예. 삿포로는 처음이에요? 예. 며칠 전에 굿찬에서 수프카레를 처음 먹어봤는데 무척 맛있어서 감동했습니다. 호호, 그랬습니까. 의사가 들어와 헤르페스로 판정을 내렸고, 연고와 내복약 사흘 치를 처방했다. 나는 먹는 약은 괜찮다고 사양했지만, 여행자의 형편을 눈치 못 챈 의사의 단호한 소견에, 그럼 이틀만 먹는 걸로 타협하고 진료를 마쳤다.

진료비로 육천구백십 엔을 냈고, 약값으로 삼천오백사십 엔이 나왔다. 예상했던 것보단 적은 금액이어서 다행이었다. 그래도 칭기즈칸 구이와 작별하기에는 충분한 액수였다. 사요나라. 숙소로 돌아와 침대 위에 쪼그리고 앉아 굿찬에 갔을 때 들렀던 슈 오가와라 미술관 팸플릿을 한쪽 눈으로 멍하니 읽다가 어지럼증이 나서 잠깐 쉬려고 누웠다가, 그대로 잠이 들었다.

눈을 뜨고 시간을 확인했더니 한 시였다. 오래 푹 잠들었다 깬 느낌인데 생각보다 시간이 얼마 지나지 않아서, 약 기운 때문에 깊이 잠이 들었나 보다, 하고 일어나 식탁 위 생수를 벌컥벌컥 마시는데, 창밖이 캄캄했다. 응? 커튼을 걷고 창문을 열었다. 밤이었다. 그러니까 열세 시간 동안, 잠을 잤다기보단 정신을 잃었다가 깨어난 셈이었다. 그런데 평생 숙면과는 인연이 없는 체질이라, 평소에 잠에 맺힌 게 많아서 그런지, 잠으로 하루를 보내버린 시간이 황당하거나 아깝지 않았고, 왠지 대견스러워서 뿌듯하고 흡족한 마음이 들었다. 배가 고팠다. 숙소에 먹을 만한 음식이 없어서 간단한 요깃거리를 사러 나갔다. 쌀쌀한 밤공기가 상쾌했다. 이대로 밤새도록 정처 없이 밤거리를 헤매고 싶은 충동이 일었지만, 가볍게 동네를 한 바퀴 도는 것에 만족하기로 했다. 편의점에서 말차 소프트아이스크림을 사서 핥아 먹으며 깜깜한 거리를 잠깐 배회하고 숙소로 돌아왔다.

삼각김밥과 컵라면으로 끼니를 해결하고, 감자칩을 먹으며 TV를 보는데 신기하게도 또 슬금슬금 잠이 왔다. 하긴 떨어진 면역력을 회복시키는 데 잠만 한 게 없긴 하지. 홋카이도 이곳저곳을 돌아다니는 동안, 부실한 체력을 고려해서, 우선 이동 거리가 먼 지

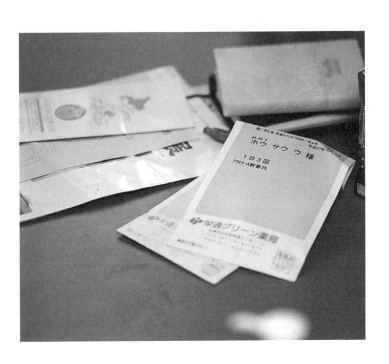

역은 제외하고, 온종일 이성을 잃은 듯이 무작정 걸어 다니는 습관에 주의하며, 공원이나 냇가에서 의식적으로 자주 쉬어가며, 될 수 있는 한 무리하지 말고 한가롭게 여행을 다니려고 애썼는데도, 모르는 사이 감당할 수 없을 만큼 피로가 쌓였나 보다. 약을 먹고, 연고를 꼼꼼히 바르고, 거즈를 붙인 다음 침대에 누웠다. 마치 잠의 수면에 잔물결 하나 남기지 않고 투신한 익사체처럼, 금세 잠이 들었다.

야구부 학생들의 구령소리에 잠에서 깼다. 휴대폰에 저장해 가져온 음악을 틀어놓고 한동안 누워 있었다. 구령소리와 첼로 연주가 묘하게 어울렸다. 손을 배 위에 올려놓고, 구령소리에 맞춰 발가락을 까딱까딱 오므렸다 폈다. 사람이 내는 소리는 어째서 멀리서 들을수록 더 좋게 들리는 걸까. 배 위에 올려두었던 손을 가슴 위로 옮겨놓고 가만히 생각해봤다. 사람은 소리에 가까울까, 울림에 가까울까. 기분 따라 그때그때 다르겠지 뭐. 이마를 만져봤다. 딱지가 앉고 있다. 눈두덩을 바늘로 찌르는 듯한 통증도 사라졌다. 침대에서 일어나는데, 마침 음악이 오보에 연주로 바뀌었다. 잔잔하고 슬프다. 컨디션이 괜찮다.

창문을 열어 밖을 확인했다. 무지개가 떠 있다. 저쪽은 비가 지나가는 모양이다. 구름 사이로 내리쬐는 아침 햇볕이 화창한 날씨를 예고한다. 날씨가 좋든 흐리든 나와는 상관없으니까 창문을 닫고, 어둠침침한 방을 좋아하니까 도로 커튼을 치고, 어제 먹다 남은 감자칩을 먹으며 TV를 봤다. 남자 리포터가 밭에서 토마토를 따고 있다. 하나 들고 호들갑스럽게 감탄하겠지 했는데, 바로 그런다. 와, 크네요. 하긴 아침 방송은 저래야 아침 방송답지. 큰 채소를 두고 크다는데 괜히 트집 잡을 이유가 없다. 그걸 언짢아하는 사람이 지나친 거지. 냉장고에서 두유를 꺼내다가 양배추가 남아 있길래 가져와 뜯어 먹었다.

      부었던 림프샘이 한결 가라앉았다. 연고를 바르고 거즈를 새로 갈았다. 책을 폈다가 몇 페이지 못 넘기고 도로 덮었다. 중고서점에서 산 사진집이 생각나 트렁크를 뒤지다가, 그물망 안에 못 보던 책이 있어서 꺼내봤더니, 공룡 종이접기 책이다. 이게 왜 여기 있을까. 자연스럽게 전단지와 노트를 찢어 접을 준비를 했다. 어릴 적 좋아했던 트리케라톱스를 접어보고 싶지만, 난이도가 너무 높아서 관두고, 만만해 보이는 별 두 개짜리 난이도 삼엽충과 매머드를 접기로 했다. 삼엽충을 접다가 단순한 모양과 달리 의외로 접는 과정이 까다로워서, 어차피 다 완성해도 그렇게 뿌듯할 만한 생김새도 아니니까 잠시 보류하기로 하고, 다시 새로운 마음으로 매머드를 접기 시작했고, 입체 계단 접기니, 안으로 넣어 접기니, 꼬리 부분을 밖으로 꺼내라는데, 도무지 꼬리를 찾을 수가 없고, 수차례 종이를 구겨버리고 싶은 분노와 충동이 치밀었지만, 눈을 지그시 감고 심호

홉을 하며 마음을 다스려가며 간신히 연분홍 매머드 한 마리를 완성했다. 기진맥진했다.

침대에서 쉬면서 그동안 휴대폰으로 찍은 사진을 넘겨봤다. 렌터카 사무실 천장에 매달아놓은 잭오랜턴. 공중전화 옆 해바라기. 연못가에서 오침 중인 오리들. 삶은 옥수수. 이시카와 다쿠보쿠의 노래비, '아카시아 가로수길 포플러에 가을바람 쓸쓸히 불어오노라 일기에 남겼네'. 비단잉어 품종 안내판. 아마도 등교하지 않은 듯한, 공원에서 삼각김밥을 먹는 학생. 삼각김밥 다 먹고 넋 놓고 앉아 있는 학생. 숙소 창밖. 중절모를 쓴 노인이 기차 창가에 둔 아이스크림 통. 노란색 소화전. 개구리 주의 표지판. 그림 그리는 노인. 다카다 씨 댁 꽃밭. LAMB'S EAR 가게 전경. 용궁 신사. 요테이산. 굿찬 풍토관 칠판에 적혀 있는 '내일은 소풍입니다. 간식비는 삼백 엔까지입니다. 바나나는 간식에 포함되지 않습니다'. 란도셀을 멘 채 교문 앞 바닥에 누워 있는 소년. 첨탑 꼭대기 말 모양 풍향계. 이시카리 강. 캐치볼 하는 남녀. 물웅덩이. 은행 따는 아이들. 은행 따다 지나가는 노인에게 혼나는 아이들. 잠든 홍학. 처마 밑에서 소

나기 피하는 기린. 럭비 골대. 길바닥 크레파스 낙서.

　　　　낮잠이 오면 자려고 했는데 아쉽게도 잠이 오지 않아서, 외출할까 말까 한참 고민하다가 결국 뭘 좀 사먹을 겸 밖으로 나왔다. 가을 햇빛이 맑다. 막상 나오니까 또 좋다. 저절로 발걸음 끝이 경쾌해진다. 회복기 환자의 들뜬 기분이 완연하다. 햇빛을 등지고 걸었다. 현관 앞에 튤립 화분을 놓아둔 집 창문으로 한 남자가 점심을 준비하는 모습이 보였다. 가스레인지 앞에 서서 고개를 돌려 TV를 보고 있다. 어쩐지 외로움마저 편안해진 일상의 한 장면이랄까. 흐뭇했다. 한쪽 눈에 거즈를 붙인 웬 사내가 집 밖에서 자신을 쳐다보고 있는 것을 알게 되면 입맛이 달아날 테니까, 금방 자리를 떠났다.

　　　　경찰차가 서 있다. 어느 나라든 주택가에 경찰차가 서 있는 일은 드문 일이니까, 주변을 둘러볼 수밖에. 여자 경찰이 길목을 지키고 있다. 체구가 작고 모자에 가린 얼굴이 앳돼 보였지만, 서 있는 자세가 단단하다. 내가 거즈를 붙이지 않은 한쪽 눈으로 티 나게 힐끗힐끗 쳐다보는 기분 나쁜 시선을 느꼈을 텐데도 흐트러지지 않고 견고한 분위기를 유지한다. 늦가을 화창한 오후에 상해 사건이라도 발생한 걸까. 아니면 고독사한 독거노인을 사회복지사가 발견해 신고한 걸까. 끔찍한 사건은 얼마든지 상상할 수 있겠지만, 하지 않기로 한다. 공원 계단에 남자 경찰 한 명과 아이들이 모여 있다. 한 아이가 무릎을 감싸 안고 고개를 묻은 채 울고 있다. 주위를 둘러싼 아이들이 경찰에게 일러바치듯 뭐라 뭐라 뭐라 떠들어대는데, 울고 있던 아이가, 아니야! 그게 아니란 말이야! 소리친다. 중년의 경찰은 그저 웃고만 있다. 울고 있는 아이가 울음을 그치고 눈물을 닦고 울음기를 거둔 다음 차근차근 진실을 말할 수 있기를 응원하며 지나갔다.

전철이 지나간다. 철로 변 텃밭에서 차광모자를 쓴 여인이 밭일을 하고 있다. 흔들리는 억새 너머로 햇살에 번지는 여인의 실루엣이 숭고해 보인다. 부드러운 가을볕 때문에 그런 것인지, 허리를 숙였다 폈다 지주대를 옮겨 다니며 부지런히 손을 움직이는 모습 때문에 그런 것인지, 잘 모르겠다. 그런데 어렴풋이 이런 생각이 들기는 한다. 바람에 흩날리는 가을 햇살과 무관하게, 전철이 지나가고 남긴 고요한 시간 속 여인의 노동과 상관없이, 이렇게 문득 시간이 정지한 듯 가만히 지속되는 순간이 유지될 때, 아름다움은 쉽게 들킨다는 것을. 아름다움의 약점이 적막이라는 것을. 몸과 마음이 약해지면 유난히 더 잘 보인다는 것을. 나와 아름다움은 그다지 어울리지 않으니, 이만 가던 길을 가야 한다는 것을.

공원이 나온다. 아담한 뒤뜰 같은 공원이다. 물론 벤치에 앉는다. 그늘진 곳이어서 금방 서늘해진다. 해가 드는 벤치로 자리를 옮긴다. 등에 닿는 햇볕의 온기가 좋다. 고맙다는 생각이 든다.

그렇지. 햇빛도 면역력 회복에 좋다고 했지. 소매를 걷고, 바짓단도 무릎까지 걷어붙여 한동안 햇볕을 쬔다. 사람 기척이 나서 저절로 감겼던 눈을 떴다. 할머니가 아기를 업고 풀밭을 거닐고 있다. 나는 아기를 업어본 적이 한 번도 없다. 아기를 안은 적은 있다. 팔이 아파서 어깨에 걸친 적도 있다. 아기를 업고 아기와 함께 산책을 하면 어떤 기분이 들지 궁금하긴 하다. 어쩌면 겪어보지 못한 위로를 받을 것 같기도 하다. 할머니가 풀밭을 유심히 살펴보며 걷고 있다. 네잎클로버를 찾는 듯한 모습이다. 클로버를 하나 뜯어 확인한다. 아, 정말 네잎클로버를 찾고 있었구나! 네 잎이 아닌지 버린다. 귀국하면 조카를 업고 동네를 한 바퀴 돌아봐야겠다. 이제 막 걸음마를 시작한 참이니까, 아직 기회는 있다.

이만 벤치에서 일어나려고 걷었던 바짓단을 내리는데, 허벅지 부근에서 연둣빛이 반짝인다. 뭐지? 너무 작아서 잘 보이지 않는다. 벌렌가? 만지지는 않고 가까이 고개를 숙여 자세히 봤다. 벌레다. 투명하고 귀여운 벌레다. 괜히 반갑다. 큰 벌레는 싫지만, 작은 벌레는 괜찮다. 바퀴벌레는 두렵지만, 풍뎅이는 친근하다. 장구애비는 무섭지만, 물방개는 듬직하다. 꼽등이는 혐오스럽지만, 귀뚜라미는 사랑스럽다. 지렁이는 징그럽지만, 민달팽이는 또 담담하다. 돌아가면 곤충도감을 마련해야겠다. 호불호 곤충 목록을 작성해 취향의 원인을 따져봐야겠다. 좁쌀만 한 연둣빛 벌레가 허벅지 위에 가만히 붙어 있다. 제 의지로 여기까지 왔다기보다는 바람결에 실려 잠깐 들른 분위기다. 풍매화의 꽃밥 같달까. 속이 훤히 비치는 투명한 몸이 한껏 햇빛을 받으며 광합성을 즐기는 것 같다. 손으로 휘휘해도 떠날 의사가 없어 보인다. 네잎클로버를 찾던 할머니가 공원을 떠나고 있다. 집으로 돌아가는 뒷모습을 바라본다. 문득 허벅지를 보니, 어느새 벌레는 사라지고 없다. 기척이라도 내고 가지. 괜히 서운하다.

주택가 길목에 음식 메뉴판이 세워져 있다. 읽어봤다. 음, 스파게티와 오므라이스가 주 메뉴네. 상아색 어닝 천막을 드리운 식당 외관이 정겹다. 들어갈지 말지 망설일 이유가 없다. 왜냐하면 오므라이스가 먹고 싶어졌으니까. 그 형태와 맛이 몹시 그리워졌으니까. 식당 안으로 들어가 주로 혼자 온 사람들이 앉는 긴 테이블에 자리를 잡고 메뉴판을 폈다. 오므라이스 종류가 다양하다. 아, 밥위에 덮을 달걀을 감싸놓을지 펼쳐놓을지도 고를 수 있구나. 버섯 오므라이스와 소고기 오므라이스 중에 고민하다가 소고기로 결정. 사이즈는? 라지로 주세요. 네? 라지로. 아! 레귤러 말씀입니까? 아, 쪽팔리다. R을 L로 잘못 봤다. 네, 레귤러로 주세요. 음료는? 콜라로. 식전에 드릴까요? 식후에 드릴까요? 식전에 주세요. 주문을 끝내고, 콜라를 홀짝이며 기다리다가, 가까이 체크무늬 식탁보를 깔아놓은 사인용 테이블을 한참 바라봤다.

아마 예닐곱 살 무렵이었을까. 엄마는 나를 은행 대기석에 두고 어딘가로 사라졌다. 은행 창문이 반사유리여서 거리의 사람들은 안에 내가 있는 줄도 모르고 자주 거울 보듯 유리창을 봤다. 처음에는 재밌었지만, 곧 싫증이 났고, 엄마가 돌아오지 않는 시간이 길어지자 불안해졌다. 내게 관심을 보이는 사람들이 차츰 늘어났다. 긴장은 했겠지만, 아마도 의젓하게 기다렸던 것 같다. 오줌이 마려웠지만, 금방 엄마가 올 것만 같아서 참았고, 은행원이 지폐를 부채처럼 펼치고 돈을 세는 모습을 신기하게 구경했다. 그렇게 시간이 흘렀고, 당연히 엄마는 돌아왔다. 그저 아이의 감각으로 조금 길게 느껴지는 시간 동안 엄마를 기다렸을 뿐인데, 어째서 그때가 생생하게 기억에 남은 걸까. 그것은 아마도 은행에서 나온 엄마가 나를 가까운 재래시장 노점식당으로 데리고 가 오므라이스를 사줘서 그런 것이 아닐까. 하얀 멜라민 접시 위에 완벽한 형태를 갖춘 오므라이스의 인상이 강렬하게 뇌리에 남아, 오므라이스와 처음으로 조우하기 이전 수십여 분의 시간마저 머릿속에 또렷이 각인된 게 아닐까.

오므라이스가 담겨 있는 접시가 앞에 놓이자, 어쩐지 마음이 경건해진다. 어디 보자, 십오 년 만인가. 학교 다닐 때 잠깐 사귀었던 사람과 함께 먹은 기억이 난다. 그 사람은 케첩을 싫어해 포크로 케첩을 모두 걷어냈었지. 근데 그 사람의 얼굴이 하나도 생각이 안 나네. 됐고, 지금 이 순간, 먹어보지 않아도 이미 담겨 있는 모양만으로 생애 최고의 오므라이스와 만난 확신이 든다. 기분 좋은 볼륨감으로 마치 럭비공을 반으로 잘라놓은 것 같은, 평범하고 단순한 어떤 경지에 도달한 오브제와 다름없는, 노란 테두리 접시 한가운데 반타원형으로 오롯이 담겨 있는 오므라이스. 언뜻 접시 주위로 느슨한 긴장감이 맴돌아 더욱 입맛을 돋우는 느낌이다. 이 정도의 오므라이스가 앞에 있다면 아무리 그늘진 감정 상태의 사람일지라도 마음이 풀릴 것만 같다. 한 숟가락 떴다. 진즉에 마음이 기울었으므로 맛의 여부는 아무 의미가 없고, 그저 이 세상에 오므라이스라는 음식이 존재해서 고마울 뿐이다.

배가 터질 것만 같다. 레귤러 사이즈는 양이 지나치게 많구나. 한데 어째서 일본은 곱빼기를 뜻하는 영어로 레귤러를 사용하는 걸까. 보통 레귤러, 미디엄, 라지 순이어야 하지 않나. 설마 레귤러의 본래 뜻과는 상관없이 약자 R을 두고 빵빵하게 배가 나온 대식가를 상형하는 기호로 해석한 어느 요식업 단체 회원의 시답잖은 농담이 널리 퍼져 일반적으로 사용하게 된 것일까. 그럴 리가 없지. 배가 부르니까 망상마저 한심해지는구나. 오므라이스와 십오 년 만에 재회한 터라 억지로 접시를 다 비웠더니, 식당 문을 나서자마자 바로 후회가 된다. 과식으로 인한 포만감보다는 주로 불쾌감에 시달리는 체질이어서, 당장은 다시 십오 년 정도 흘러야 오므라이스가 그리워지지 않을까 싶다. 이만 숙소로 돌아가기로 한다. 살짝 허기진 상태

라야 공상이든 상념이든 잡념에 만족스럽게 빠질 수 있듯, 어쩐지 산책도 빈속에 해야 그 맛이 난달까. 배 속이 가벼워야 언뜻 스치는 외로움이 풋풋하게 전해진달까. 역시 산책에는 밥보단 군것질이랄까.

　　숙소로 돌아가는 길에 건널목에서 신호를 기다리는데, 한쪽에서 바이올린 가방을 든 여학생이 해맑은 얼굴로 헤실헤실 미소를 흘리며 걸어오길래, 설마 지금 나를 보고 미소를 짓는 건가 싶어, 거즈를 붙여놓은 내 몰골을 보면 저렇게 편안하게 미소가 나올 리가 없을 텐데, 아니 거즈를 핑계 대지 않더라도 본래 나라는 사람 자체에서 풍기는 어둡고 침울한 분위기를 감안한다면 저런 미소가 간단히 지어지지는 않을 텐데 이상하네, 의아하게 생각하며, 다가오는 여학생이 돌연 겁을 먹거나 기분이 상하지 않게끔 얌전히 신호가 바뀌기만을 기다리는데, 갑자기 내 앞에서 여학생이 걸음을 멈추는 동시에 거즈에 가려 보이지 않던 시야에서 다른 여학생이 불쑥 나타나 서로 한마디씩 주고받으며 바이올린 여학생이 걸어왔던 쪽으로 같이 걸어갔다. 그러면 그렇지. 나를 보고 저런 미소를 지었다면 정상이 아닌 거지. 뭔가 안도감이 들며 멀어지는 아이들을 바라봤다. 한 여학생이 어깨를 툭 치니까 다른 여학생도 옆구리를 쿡 찌른다. 착한 아이들 같다.

도서관

요이치 도서관 외관은 닛카 위스키 공장 증류소와 닮았어.

도서관 책장마다 몰트 향이 진하게 배어 있을 것 같아.

한 권씩 책을 꺼내 페이지를 넘기다 보면 어느새 냄새만으로 취기가
올라와

활자들이 공중에 둥실둥실 떠다니며 한바탕 말장난을 벌일 것 같아.

'고양이의 교양'

'어이쿠! 거의 하이쿠'

'귀여운 아기여우'

'나뭇가지로 콕콕 찌르면서 나무라지 마!'

'들풀이 우거진 벌판에서 우거짓국을 우걱우걱 먹어야지'

'찬바람 부는 날엔 찬바라곳코'

'뭐! 더럽다고! 아니, 부드럽다고'

'미끄러운 미꾸라지인 양 부끄럽게 미끄럼틀을'

'지친 자취생의 지난 발자취'

'욕실에서 내뱉는 찰진 욕설'

닛카 공장 박물관 유료 시음 바에서 싱글 몰트를 음미하던 멋쟁이
중년.

중절모와 희끗희끗한 턱수염. 세련된 머플러의 매듭.

ちゃんばらごっこ. 칼싸움 놀이.

부러웠고 질투가 났고 억울했어.

알코올을 조금만 더 부지런히 분해할 수 있는 체질이었다면

이십오 년산 싱글 몰트 한 잔의 사치스러운 쓴맛에 기대

들키기 싫은 쓴웃음을 감출 수 있을 텐데.

도서관에서 산수 공부를 하다 지겨워진 여자애가 책장에서 집어온 책은

《독신의 구루메》였고

오늘 저녁은 호기롭게 성게알 덮밥을 사먹기로 결심했어.

가방

오타루에서 출발하는 굿찬행 완만열차가 연착 중이야. 비가 잦아들고 천둥이 멈추기를 기다리는 시간이지. 굿찬이라는 지명은 일본 같지 않고 중앙아시아 어느 소도시 이름 같지 않아? 굿찬에는 리틀 후지산 이라고 불리는 요테이 산이 있다고 해. 맞아. 나는 지금 그 산을 보러 가는 길이야.

기관사의 레트로풍 검은색 가방 안에는 뭐가 들어 있을까. 슬래셔 무비에서 칼이나 손도끼 같은 살인 도구를 넣고 다니는 가방으로 쓰여도 제법 어울릴 것 같은데, 운전석에 앉아 빗물이 흐르는 차창을 쳐다보며 열차 운행 통보를 기다리는 젊은 기관사의 얼굴은 아쉽게도 사이코 패스보단 언제 죽었는지 기억나지 않는 캐릭터에 가까운 인상이야.

플랫폼에 한 시간쯤 서 있다가 출발한 열차는 어이없게도 바로 다음 역에서 운행 중지 연락을 받고 멈춰야만 했어. 한국 같았으면 승객 가운데 성질 나쁜 인간이 행패를 부렸겠지. 산 중턱에 자리한 시오야(塩谷) 역. 시오야? 뭔가 끔찍한 사건이 발생할 것만 같은 불길한 지명이지 않아? 소금 계곡이라니. 게다가 무인역이야. 괜히 잔인한 장르의 영화를 상상해가지고 기분이 찝찝하지만, 앞으로 어떤 일이 벌어질지 은근히 기대되기도 해.

허름한 역사 안에 모인 사람들은 열한두 살쯤으로 보이는 남자애와 여고생 한 명, 나머지는 전부 중장년이야. 몰래 인원수를 세어봤지. 정확히 열아홉 명. 열아홉이라. 아홉수군. 아! 아니네. 밖에서 긴급 수송 버스를 준비하느라 통화 중인 기관사를 빼놨네. 어? 그런데 기관사는 언제 쥐색 비옷을 챙겨 입은 거지? 과연 옷이 날개라고. 부슬부슬 비를 맞는 옆모습이 뾰족한 물건 하나 쥐여주면 무슨 일을 벌일 것 같은 분위기가 물씬 풍겨. 정말 친절한 사람이었는데, 저런 면모를 감추고 있었다니.

오타루 역으로 돌아갈 사람과 굿찬으로 가는 일행의 비율은 비슷했고, 누가 시킨 것도 아닌데 자연스럽게 나뉘어서 모였어. 오타루행 쪽에 포함된 남자애는 아마 나들이길이 취소된 모양인지 한 번씩 부모에게 보내는 원망스러운 눈빛과 침울한 얼굴이 볼 만했고, 여고생은 굿찬행 쪽인 걸 보니 귀가 중이었나봐. 근데 늘 궁금한 게 도대체 열 시에서 열두 시경에 돌아다니는 교복 차림의 학생들은 하루 일정이 어떻게 되는 걸까?

비가 그쳐서 사람들이 역사 주변에 흩어져 각자의 시간을 보내고 있어. 누군가 비명을 지르며 최초의 희생자를 발견하기 좋은 여건이지. 수송 버스를 기다리는 지루한 시간을 온전히 지루하게만 보내고 싶은데, 기관사의 레트로풍 검정 가방에서 시작된 시답잖은 공상이 자꾸만 방해를 하네. 한 번 떠오른 공상에 집착하는 증상이 갈수록 심해져서 걱정이야.

사이코패스가 아니더라도 누구든 범죄를 저지르려면 가장 경계해야 할 대상은 젊고 체격이 다부진 남자겠지. 가장 젊은 사람은 나고 그나마 키도 내가 제일 크니까, 마사카(まさか, 설마) 내가 경계 대상 1호인 거야? 만약 내가 첫 번째 희생자가 된다면 즉사하지는 말고 숨이 간신히 붙어 있는 상태에서, 이왕이면 나들이길 취소로 실망한 남자아이에게 처음 발견돼 다잉 메시지를 전해주는 것으로 근사한 유년의 추억을 만들어주고 싶기도 하고 그러네.

굿찬행 버스가 먼저 와서 사람들을 태우고 갔어. 나도 계획대로 굿찬으로 가려고 했지만, 구름이 잔뜩 낀 날씨 때문에 요테이 산을 볼 수 없을 것 같고, 무엇보다 도저히 저 사슴 같은 사람들을 남겨놓고 떠날 수가 없어서, 자꾸만 내일 자《마이니치신문》1면 '시오야 역 집단 살인' 헤드라인이 눈앞에 아른거려 어쩔 수 없이 버스에 오르는 줄에서 빠져나와야만 했어.

다시 비가 추적추적 내리기 시작했고, 도로로 내려가는 계단 앞에 모여 있던 사람들은 다시 역사 안으로 들어갔어. 우산을 쓴 아주머니 한 명과 노인 두 명도 함께 들어오면 좋을 텐데. 젊은 기관사는 어디 있지? 굿찬행 버스에 오르는 사람들을 배웅하는 모습을 본 이후로 못 본 것 같아. 여전히 도로변에 서 있나 확인해봤지만, 없어. 아니, 근데 남자애는 어디 간 거야? 분명 조금 전까지 역사 안 구석탱이에서 목에 건 디지털카메라를 만지작거리고 있었는데. 드디어 본색을 드러내려나봐. 이 쥐색 비옷 입은 사이코패스!

비에 젖기 싫어서 역사 입구에서 고개만 내밀어 밖을 확인했어. 남자애는 보이지 않고, 좀 전까지 있었던 노인 한 명도 사라졌어. 그러니까 같이 모여 있었으면 좋았잖아! 망했어. 살을 난도질한 날카로운 칼날의 짜릿한 손맛에 취해버린 살인마는 레트로풍 검정 가방에서 이상해 씨 가면을 꺼내 쓰고 이제 곧 등장하겠지. 왠지 빗소리 너머 어디선가 단말마 메아리가 들린 것 같아. 다 끝났어.

분명 아까 도로변을 확인했을 때에는 아무도 없었는데. 어떻게 된 일이지? 기관사가 우리를 부르며 계단을 뛰어올라오고 있어. 그래, 바쁘겠지. 남자애와 노인의 사체를 유기하기에 빠듯한 시간이었을 테니. 오타루로 돌아가는 버스가 도착했다는 소식을 알리는 기관사의 얼굴에 흐르는 빗물은 사실 사체를 신속하게 처리하느라 젖은 비지땀이겠지. 어? 언제 쥐색 비옷을 벗은 거지? 그렇군. 핏물이 낭자한 비옷을 당장에 수습하기 곤란하니까 그놈의 빌어먹을 레트로풍 검은색 가방에다 숨겼겠군.

어디서 출발한 버스인지 모르겠지만, 오타루로 가는 도중 우리를 태우러 온 모양이야. 사람들이 모두 버스에 타고 내가 마지막으로 올랐지. 언제 탔는지 남자아이는 맨 앞에 앉아 여전히 침울한 얼굴을 고수하고 있더군. 젊은 기관사는 하차할 때 기차표를 기사에게 주면 된다는 말을 전한 다음, 마지막으로 고개를 깊숙이 숙여 사과 인사를 하고 작별했어. 떠나는 차창 밖으로 보이는 계단을 바쁘게 올라가는 기관사의 모습은 역시 사이코패스보단 언제 죽었는지 기억나지 않는 캐릭터에 더 적합한 사람 같았어.

오타루발 굿찬행 완만열차를 운전하는 근면 성실한 기관사의 레트로풍 검은색 가방 안에 뭐가 들었는지 영원히 몰랐으면 좋겠어. 기관사의 손이 가방 지퍼에 닿는 순간 단호하게 고개를 돌려버릴 테야.

언덕

아이가 과자봉지에 넣었던 손가락을 다 빨고 말했어.
아, 출출해. 출출해.

슬픔에 실패한 얼굴이
남겨놓은 얼굴로 웃고 있어.

조용하고 비스듬히
가까이 더 조용한 무엇이 있을 거야.

저것이 뭔지 다 알면서
저것은 뭘까 하는 생각에 잠겨

한 입 베어 먹은 도라야키에서
한 입 남아 있는 도라야키로

당신은 당신의 외로움이 낯설어서

나무 감촉이 아른거리는 빗소리에
입술이 터.

외롭지 않았다면 아무것도 견디지 못했을 거야.
아, 쓸쓸해. 쓸쓸해.

어디선가 회전하면서 가속도를 붙이는 소리가 들려.
뭘 만질 때마다 색깔이 묻어나.

당신은 자전거처럼 쓰러지고
언덕을 내려오면서도 풀밭을 지나면서도
어떻게 그렇게 변함없이

산리츠 겐지파이 비닐을 뜯으며
아, 심심해. 심심해.

산
책
3

애
서
가
의

걸음걸이처럼

세타가야 [世田谷]

늦잠을 잤다. 피곤했다. 조금 더 자고 싶었다. 더 잤다. 한 시간쯤 지나서 깼다. 여전히 더 자고 싶었지만, 이번에는 일어났다. 더 자면 더 피곤해질 것 같았다. 피로가 해소되는 적당한 수면 시간이 있다. 그 시간을 넘기면 누워 있는 일도 활동이 된다. 아침을 먹고 소파에 앉았다. 며칠 전에 중고서점에서 구입한 책이 비닐봉지에 그대로 싸인 채 놓여 있다. 무슨 책을 샀는지 그새 잊었다. 펼쳐봤다. "큰어머니가 죽고, 나와 아내 둘이 세타가야의 이 집에서 살게 된 것은 작년 봄이었고." 호사카 가즈시가 쓴 《컨버세이션 피스》라는 소설의 첫 대목이다. 몇 년 전에 작가의 데뷔작을 읽고, 별다른 이야기 전개 없이 젊은이들이 함께 생활하면서 시답잖은 농담을 주고받고, 산책 다니고, 길고양이 밥 주고, 경마장에 놀러가는 내용이 마음에 들어서, 서점에 들를 때마다 발표한 책을 한 권씩 사곤 했다. 세타가야라. 책을 읽기 전에 작품의 배경이 되는 동네를 둘러보는 것도 재밌을 것 같기는 한데, 건성으로 생각만 하고 정오가 넘을 때까지 방에서 빈둥거렸다.

출출해서 오랜만에 컵라면이나 먹을까, 하고 편의점을 가려고 나왔다가, 가는 길 도중에 이왕 외출한 김에 그 동네나 한번 가보자, 하고 방향을 바꿔 전철역으로 향했다. 전철 역무원에게 물어물어 환승을 두 번 하고 노면전차가 다니는 세타가야 선을 탔다. 이렇게 찾아가기 복잡한 곳이었으면 당연히 오지 않았다. 좁은 철로 사이를 달리는 전차 안에서 보이는 풍경은 운치가 있었다. 철로와 주변 건물이 가깝다 보니, 말 그대로 스쳐 지나가는 기분이 어떤 막연한 그리움과 섞이며 실감이 났다. 전차를 타는 동안 마음이 바뀌었다. 잘 온 것 같다. 그대로 내리지 않고 종점까지 가고 싶었다. 하지만 세타가야에 가기로 했으니까 얌전히 세타가야에서 내리기로 했다. 이번에 가지 않으면 나중에 다시 찾을 것 같은 예감이 들었다. 생각만 해도 귀찮았다. 요 며칠 너무 제멋대로 여기저기를 쏘다닌 것 같으니까, 오늘은 변덕을 부리지 말고 참기로 했다. 세타가야만 다니기로 하자. 돌아다니다가 나도 모르게 세타가야를 벗어나면, 다시 방향을 돌려 세타가야로 돌아온다는 마음가짐으로 세타가야를 다니기로 하자.

역에서 내려 전차 안에서 바라보던 쪽으로 방향을 잡고 건널목을 건넜다. 바로 이어지는 높은 담장을 따라 걸었다. 기와지붕이 보였다. 절인가? 곧 정문이 나왔다. 절이었다. 담장도 높고, 역 바로 앞이라 위치가 좋아서 그런지 입구부터 부티가 물씬 풍겼다. 재벌 회장 별장 같다. 아무튼 절이든 신사든 이제 지겹다. 한동안 들어가지 않을 생각이다. 큰길을 벗어나 작은 길로 몇 차례 빠져나와서 걷다 보니, 어느새 한적한 주택가였다. 일본의 주택가는 웬만하면 다 한적한 편이다. 연한 장미색 벽돌로 지은 맨션 단지가 보였다. 단지 내 주차장에 서서 둘러봤다. 알 듯 말 듯한 향수에 젖었다. 어릴 적 부잣집에 놀러가면 들던, 그런 비슷한 기분이 들었다. 이태원 미군부대 장교 관사를 방문했던 일도 생각났다. 거실에서 나무계단을 올라가자 이층이 전부 침실이었고, 한가운데 커다란 침대가 있었다. 벽을 짚었는데 벽이 돌아가면서 그 안이 화장실이어서 깜짝 놀랐던 기억. 지금도 부잣집에 가면 똑같은 기분이 들까.

공원이 나왔다. 좀 걷다가 공원이 나올 때가 됐는데 싶으면, 꼭 이렇게 어김없이 공원이 나온다. 공원은 아직 절이나 신사같이 지겹지 않았으니까. 삿갓을 벗어놓고 한쪽 다리를 걸치고 앉아 팔을 괴고 생각하는 듯한 조각상 옆에 등지고 앉았다. 이렇게 가만히 앉아 있자니, 뜬금없이 나이가 곱절은 더 먹은 듯한 착각이 들었다. 한가로운 한낮에 벤치에 아무리 오래 앉아 있어도 이런 적이 없었는데 이상하다. 그러고 보니 내가 지금 몇 살이더라. 올해가 몇 년도지? 됐다. 관두자. 부질없다. 다시 주택가를 걸었다. 현관 앞에 크리스마스 장식을 해놓은 집이 드문드문 보였다. 정원수 가지에 녹색 지팡이, 선물상자, 목도리를 두른 눈사람을 달아놓았다. 지난 3월에 타이베이를 갔다. 병원이며 대학에 그때까지도 크리스마스트리와 장식물이 있어서, 이 나라는 저걸 언제 정리할까 싶었지만, 그게

으름이 마음에 들었다. 반대로 일본은 일찍 크리스마스 시즌이 시작된다. 11월 1일이면 주요 역 광장에 일루미네이션이 설치되고, 상점가에는 약속이나 한 듯 장식물이 달리기 시작한다. 한국은 크리스마스 분위기가 사라지는 추세다. 형식적으로 도로 한복판에 별이 아닌 십자가를 꽂은 트리를 세워놓을 뿐이다. 거리에서 캐럴은 들리지 않게 되었고, 그저 맛대가리 없는 프랜차이즈 케이크가 반짝 팔려나가는 대목일 뿐이다. 연말연시 한국의 거리 풍경만 생각하면 울화가 치민다. 남의 집 정원수 크리스마스 장식 앞에서 왜 이러나 싶지만, 나는 일 년 내내 스스로에게도 감정표현이 미숙한 편이니까, 크리스마스 시즌과 여행 기간이 겹친 이 시간이나마, 편안하게 솔직한 심정을 마음대로 제 하고 싶은 대로 내버려둔 채 관망하고 싶다. 나의 동심과 낭만에 상처를 주는 조국의 12월. 폭설이라도 펑펑 내려 그 삭막한 거리가 파묻혔으면.

　　　　기분이 침울해지려고 한다. 배가 고픈가 보다. 뭘 먹을까. 여전히 컵라면이 먹고 싶기는 한데, 이상하게 라멘은 당기지 않는다. 왜 그럴까. 왜 그러긴, 하루에 한 끼씩 라멘을 사먹었으니까 그렇지. 걷다가 식당이 보이면 메뉴가 뭐가 되었든 고민하지 말고 곧장 들어갈 생각이었는데, 바로 나타난 제과점을 보고, 갑자기 식당으로 들어가 밥을 먹는 일이 성가셔져서, 샌드위치나 빵으로 대충 해결하기로 하고, 달걀 샌드위치랑 멜론빵을 샀다. 좀 걸어가자 초

등학교 후문이 나와서 평일 같았으면 들어가지 않았겠지만, 오늘은 휴일이라 나를 보고 수상한 사람이 교내에 들어왔다고 겁을 집어먹을 학생들이 없을 테니까, 부담 없이 안으로 들어갔다. 놀이터로 가서 정글짐 꼭대기에 올라가봤다. 뒤꼍에 접해 있는 학교 담장 너머 키 큰 나무 아래 벤치가 보여서, 빵을 먹을 장소를 저곳으로 정해놓고, 또 언제 정글짐 꼭대기에 올라오게 될지 모르니까, 한동안 정글짐 꼭대기에서 가만히 앉아 있는 시간을 갖기로 했다. 문득, 어릴 적 놀이터에서 지구본이라고 불렀던 기구를 타고 놀다가 머리가 끼여서 119를 불렀던 일이 생각났다. 그 기억은 구름사다리에서 떨어져서 머리가 깨진 기억으로 이어졌고, 그 기억은 다시 술래를 놀리느라 앞을 보지 않고 달려가다가 철봉에 머리를 부딪혀 기절한 기억으로 이어졌다. 뒤통수에 있는 땜통을 오랜만에 만져봤다.

　　　　이상하게 사람들이 한두 명씩 학교 안으로 들어갔다 나오는 모습이 띄엄띄엄 꾸준히 이어졌다. 학교 안에 무슨 행사가 열렸나. 호기심이 일어, 정글짐에서 내려와 학교 안으로 들어가다가, 벽에 붙어 있는 투표소 안내문을 보고, 아, 선거 날이구나. 호기심이 풀렸으니까, 도로 걸음을 돌려 학교 밖으로 나와, 정글짐 위에서 봤던 키 큰 나무 아래 벤치에 자리를 잡고 샌드위치를 먹었다. 샌드위치를 다 먹고, 멜론빵을 먹는 중에 참새가 날아와 기웃거려서 빵 조각을 던져줬더니, 이번에는 비둘기가 날아와 앞에서 서성거렸다. 그래서 비둘기에게도 몇 조각 떼어내 던져줬는데, 이번에는 어디선가 동태를 살피고 있었던 모양인지, 직박구리가 날아와 벤치 옆자리에 합석했다. 참새와 비둘기에게 빵 조각을 던져줄 때와 달리, 직박구리에게는 나도 모르게 조금 공손해진 손동작으로 조심스럽게 빵 조각을 던져줬다. 그런데 놀랍게도 직박구리는 빵 조각이 바닥에 닿기도 전에 재빠르게 날아올라 공중에서 낚아채 내 앞에서 빙 돌아 날아가, 나와 거리를 조금 두고 빵 조각을 삼킨 다음, 다시 총총 다가왔다. 우연인가 싶어 직박구리와 한참 눈을 마주 보다가, 좀 성의 없는 느낌으로 빵 조각을 툭 던져줬는데, 역시나 쏜살같이 날아올라 공중에서 낚아챘다. 그렇다면 이번에는 직박구리의 머리를 겨냥해서 맞힌다는 느낌으로 조금 세게 던져줬더니, 그래도 역시나 공중에서 받아먹었다. 내심 감탄사가 터졌지만, 흥분하면 날아가버릴까봐 내색은 하지 않고, 한 조각 한 조각 방향과 속도에 변화를 주며 던져줬다. 참새와 비둘기는 뒤늦게 상황 파악을 하고 직박구리 쪽으로 몰려왔지만, 던져주는 족족 직박구리가 공중에서 낚아채는 바람에 하나도 챙겨 먹지를 못해서, 따로 참새와 비둘기 몫으로 먹기 편하게 던져줘야 했다. 그렇게 멜론빵 반절을 새들에게 나눠주고, 빵이다 떨어진 것을 눈치챈 새들이 하나둘 나를 떠나 괜히 쓸쓸해지기 전에, 내가 먼저 바지에 떨어진 빵 부스러기를 털며 자리에서 일어났다. 어쩐지 새들이 나와 즐겁게 놀아준 기분이 들어서 고마웠다.

넓은 길이 나오면 다시 주택가로 들어갔고, 또 넓은 길과 이어지면, 다시 주택가로 들어가는 식으로 걸었다. 짧은 시간 잠깐 동네를 거닐었을 뿐이지만, 살기 좋은 곳 같았다. 블록을 지나고 모퉁이를 돌 때마다 지나치게 부를 과시하지 않은 세련된 주택과 생활감이 묻어나는 평범한 집들이 골고루 조화롭게 어울려 있는 모습이 보기 좋았다. 거리의 차분한 분위기가 허투루 새지 않게끔 깔끔하게 마감된 느낌이랄까. 무엇보다 사생활을 지키려는 보이지 않는 경계가 가슴이 뭉클할 정도로 마음에 들었다. 멀리 키가 높은 나무들이 마치 성벽처럼 촘촘하게 늘어서 있었다. 걸음을 멈추고, 나무들의 꼭대기가 맞닿아 지평선같이 선으로 이어지는 우듬지를 바라봤다. 눈이 쌓이면 아름답겠다. 우듬지에 눈이 소복이 쌓여 가느다란 길이 생기면 그 위를 작은 새들이 총총총 걸어 다니겠지. 눈시리게 예쁘겠지. 담장을 따라 걸었다. 쪽문이 나왔다. 마사공원? 승마장인가?

말 사진 팻말이 서 있기는 한데, 들어가봤다. 바로 말이 보였다. 나무로 둘러싸인 모래밭에서 기수를 태운 말 세 필이 원을 그리며 천천히 돌고 있었다. 말을 만날 때마다 자연스럽게 떠오르는 글귀가 있다. 스물셋 겨울 무렵이었나, 술을 마시다가 맞은편에 앉은 친구가 술기운에 센티해져서, 티슈에다 뭘 쓰더니 읽어보라고 건네준, "마침내 박차도 없는 박차를 내던질 때까지, 마침내 고삐 없는 말고삐를 내던질 때까지, 그리하여 앞에 보이는 땅이라곤 매끈한 광야뿐일 때까지, 벌써 말 목덜미도, 말 머리도 없이." 카프카의 글이었다. 머릿속에 각인된 글귀를 따라, 지금 앞에서 원을 그리며 걷고 있는 말의 박차를, 고삐를, 목덜미를, 머리를, 하나하나 오래 바라봤다. 이상하게 티슈에 쓰여 있던 글귀처럼 말의 모습이 점점 번져 보였다. 어? 왜? 어째서? 눈물이 차올랐다. 다행히 그렁그렁 눈물만 고였지 울음으로 번지진 않았다. 눈물이 맺히는 계기는 사소하지만, 눈물이 나는 이유는 지나치게 많으니까, 뺨으로 흐르기 전에 눈물을 닦고, 사람들 목소리와 말발굽소리가 들리는 곳으로 자리를 옮겼다.

　　　　넓은 승마훈련장에서 말들이 장애물을 넘는 연습을 하고 있었다. 그렇게 난도가 높은 장애물도 아니었는데, 점프할 때마다 말의 구부린 발등이 허들에 오지게 걸려 앞으로 고꾸라질 것만 같아서 가슴이 조마조마했다. 스탠드 한쪽에 한 여자가 훈련 중인 말을 유심히 관찰하며 노트에다 뭔가를 열심히 적고 있었다. 나는 여자를 훔쳐보며, 만약 이곳이 경마장의 패덕이고, 그래서 저 여자가 경마 경기에 출전할 말들의 상태를 미리 꼼꼼히 조사하고 연구해와서, 그 기록을 바탕으로 출전하는 말들의 목록을 보며, 구매할 마권 리스트 작성에 몰두하는 경마 중독자의 모습이었다면, 아마도 지금보다 훨씬 매력적으로 비치지 않았을까 싶은, 되지도 않은 망상에 잠겼다. 유난히 말발굽 자국이 많이 찍혀 있는 흙길을 따라 걸었다. 흰 상의에 검정 하의를 입은 십 대 후반쯤으로 보이는 한 무리의 기수들이 한쪽에 모여 있었다. 중년 남성이 말 한 마리를 옆에 두고 기수들에게 마장마술을 가르치고 있었다. 두 명의 기수가 앞으로 나와 함께 말에 올랐고, 말은 긴 말고삐를 손에 쥔 중년 남성을 중심으로 원을 돌며 천천히 달렸다. 두어 바퀴 돌았을까, 갑자기 두 명의 기수가 등자 위에 한쪽 발을 올려놓고 일어나더니 동시에 다른 발을 구십 도로 공중에 곧게 뻗었다. 말뿐만 아니라, 오토바이든, 자전거든, 뭐든 빠르게 달리는 탈 것 위에서 부리는 묘기 중에 가장 대표적인 자세다. 한참 동안 그 자세를 유지하며 말을 탔다. 보고만 있어도 허벅지가 아렸다. 저렇게 체구는 작아도 아마 나보다 허벅지 힘은 좋겠지. 갈수록 가늘어지는 허벅지를 만지며 아직 한 번도 타보지 못한 것들을 주워온 나뭇가지로 바닥에 써봤다. 말, 스케이트, 서프보드, 헬리콥터, 노새, 수상스키, 잠수함, 기구, 롤러코스터, 행글라이더, 인력거, 카약, 바나나보트, 낙타, 봅슬레이. 이렇게 바닥에 글자를 써놓고 보니까, 말의 편자 자국이 저 글자들 위에 몇 개쯤 찍히면 보기에 좋을 것 같았다. 그러고는 바로 진지해져서, 죽기 전에 카약은 꼭 타야지, 하고 다짐했다.

　　　　기념품을 판매하는 회관 앞에서 직원들이 시상대를 옮기고 있었다. 옆에서 트로피를 든 채 얌전히 기다리는 기수의 모습이 어쩐지 귀여웠다. 아마 복장 때문에 그렇게 보인 것 같다. 어릴 적 어머니가 사온 허벅지가 펑퍼짐한 피에로 복장처럼 생긴 바지를 입기가 너무 부끄러워서, 도저히 그 바지를 입고 학원을 갈 수가 없어서, 그 바지를 입은 날이면 매번 학원을 빠진 적이 있는데, 당연히 어머니는 그 사실을 알게 되었고, 이후야 뭐 된통 맞았지. 다행히 그날 이후로 그 바지를 입지 않아도 되어서 기쁘기는 했지만.

　　　　공원 정문으로 나오자 큰 유리온실 앞에 천막을 쳐놓고 유기농 농작물을 파는 장터가 열리고 있었다. 너무 익어서 거의 거저 주는 거나 마찬가지인 가격의 바나나가 맛있어 보여 한 송이 샀다. 그 자리에서 바로 하나 까서 먹었다. 달았다. 달았지만, 희한하게 바나나를 먹을 때마다 잔기침이 나는 증상이 이번에도 어김없이 나타났다. 도대체 바나나의 어떤 성분 때문에 잔기침이 나는 걸까. 일종의 알레르기 반응인 걸까. 이런 생각을 하며 장터 뒤편 유리온실로 이어지는 문을 열고 들어가, 바나나를 벗겨 먹으며, 잔기침을 하며, 온실을 한 바퀴 둘러보고 나왔다. 공원 앞 넓은 가로수 길이 좋다. 공원보다 더 공원 같고 공원보다 더 좋다. 나뭇가지를 하늘에 넓게 드리운 가로수 수형(樹形)이 아름다웠다. 그냥 지나치기 아까워서 벤치에 앉았다. 등 뒤에서 아이들이 뛰어다니며 노는 소리가 들렸다. 애완견과 산책 나온 동네 주민이 담소를 나눴다. 벤치에 앉아 있는 사람들은 뭘 마시거나 책을 읽거나 군것질을 했다. 매번 바라봐도 늘 새롭고, 어쩔 수 없이 흐뭇해질 수밖에 없는 주말 오후 풍경이었다. 스타벅스가 보였다. 평소에 커피를 거의 마시지 않는 편이지만, 어쩐 일인지 커피가 몹시 마시고 싶어져서 그쪽으로 향하는데, 벤치에 한 남자가 가방을 베고 누워 책을 읽고 있었다. 걸음을 멈추고 남자를 봤다. 문득 며칠 전 전철에서 수첩에 적은 메모가 생각났다. '책장을 넘기며 표정이 변하는 사람을 바라보고 싶다.' 어쩐지 오늘 이곳 세타가야를 찾은 이유가 지금 벤치에 편안하게 누워, 마치 책이 다칠세라 조심스럽게 한 장 한 장 책장을 넘기고 있는 저 남자의 표정을 확인하기 위해 온 것만 같은 느낌이 들었다. 나도 모르게 남자의 얼굴 쪽으로 몸이 기울어졌다. 방금 입꼬리가 씰룩였나. 남자의 얼굴을 확인했다. 히죽이고 있었다. 남자가 히죽히죽 웃고 있었다. 히죽히죽 웃더니 잠깐 무표정에 가까워졌다가 다시 히죽히죽 웃는 얼굴을 몇 페이지에 걸쳐 반복했다. 물론 조금 무서운 인상이기도 했고, 보기에 그렇게 기분 좋은 표정도 아니었지만, 어딘가 알 수 없는 애틋함이 묻어나는 히죽히죽이었다. 나도 따라 미소가 지어졌고, 갑자기 책이 무척 읽고 싶어졌다. 지금 당장 책을 읽지

않으면 인생이 망가질 것만 같았다. 이만 숙소로 돌아가기로 했고,
가는 길에 컵라면 사는 일을 잊지 않았으면 했다.

독서

책 읽는 시간을 줄이고 불안을 발전시켜나가야 한다. 아무것도 하지 말고 편안하게 불안에 익숙해져야 한다. 독서를 종용하는 치골에서부터 시작된 비틀어진 자세를 교정하는 셈 치고, 등허리를 반듯하게 세워 바른 자세로 불안을 유지해야 한다. 돌고래에 버금가는 사교적인 사람을 만나 그를 우울하게 만드는 사람이 될 각오로 불안을 향상해야 한다. 사물을 더 사물답게 만드는 빛의 기울기에 맞춰 비스듬히 고개를 숙이며 불안을 확인해야 한다. 꽁꽁 언 김밥과 순대가 날아와 얼굴을 때리더라도 흔들리지 말고 시종일관 불안에 전념해야 한다. 더위를 몹시 타는 아이의 손을 잡으려다 뿌리치는 손길에 상처받지 말아야지 다짐하며 불안으로 위로받아야 한다. 잊을 만한 것들은 하나도 남아 있지 않으므로 망각을 불안으로 대체해 정성껏 보살펴야 한다. 옥수수 하나를 반으로 잘라 아랫부분을 건네주는 마음씨로 불안을 챙겨야 한다. 착란을 집약해서 집중시킨 맛이 미각을 마비시켜 나날이 야위어갈지라도 불안을 포기하지 말아야 한다. 밀감 하나 건네는 일에도 앓는 소리가 날 만큼 녹초가 되었더라도 불안을 돌봐야 한다. '괜찮아'를 '귀찮아'로 잘못 들어 상처받은 사람을 내버려둔 채 불안에 집중해야 한다. 백치 같은 흰 종이의 덜떨어진 배치를 이리저리 바꿔가며 불안을 연구해야 한다. 떡을 싼 종이를 점잖게 벗겨놓고, 잔소리가 멈춘 틈을 타 한 입 베어 먹는 노인의 귀여움을 본받아 불안을 반성해야 한다. 한 손에 알맞게 쥐어지는 희고 딱딱하고 매끄러운, 잃어버리기에 적당한 물건을 천천히 만지며 불안을 수양해야 한다. 아무것도 하지 않는 상태에서 아무것도 하지 않는 슬럼프에 빠지더라도 불안을 극복해야 한다. 신발을 벗는데 양말도 같이 벗겨져, 어떻게 저렇게 형태를 고스란히 유지한 채 신발 속에 남아 있는지 신기해하며 현관문을 열고 들어올 다음 사람을 위해 그대로 두고 불안을 즐겨야 한다. 겨울밤 귤껍질을 신중하게 벗기는 사람과 심란하게 까는 사람이 노곤하게 앉아 연속극을 시청하듯 불안에 무심해야 한다. 적설량을 각설탕으로 잘못 읽고, 숟가락을 손가락으로 잘못 적더라도 불안을 믿어야 한다. 매일 산책을 다녀와서 산책을 다녀온 일에 대해 괴로워할지라도 불안에 의지해야 한다. 문밖에서 누군가 목이 졸리며 발버둥 치는 진동이 발바닥으로 전해져오더라도 문을 닫은 채 이 불안을 지켜내야 한다. 불안과 함께 누웠다 일어나며 한 장 한 장 자살에 실패하듯 책장을 넘겨야 한다. 불안을 책임져야 하고, 불안에 다정해야 하며, 불안을 단념하지 말아야 한다.

재
==

초등학교 2학년 수업 시간에 짝꿍이랑 교과서 한 페이지 이응 동그라미를 전부 누가 먼저 색칠하나 놀이에 빠진 적이 있어.

2학년 때 담임이 누구였는지 성별조차 생각나지 않는 건, 반 친구들 뺨을 때리지 않는 선생님이어서일까. 그래서 수업 중에 신나게 딴짓을 한 시간이 기억에 남을 수 있었던 걸까.

1학년 때 담임인 중년 남자의 그 손은, 왕눈이를 괴롭히던 두꺼비 투투 같은 그 두껍던 손은, 여름방학 때 갑자기 털썩 죽어버렸고, 반 친구들은 한껏 기대감에 부풀어 새 담임을 기다렸지만, 새로 온 여자 선생님의 손바닥 역시 변함없이 매섭게 벌겋게.

1학년이었는데, 작년까지 개나리반, 진달래반이었는데

향이 재가 되는 시간의 모양이 리을이어서, 어떤 단계를 생략하고 이응을 열심히 색칠하던 아이가 생각났는지 알 수 없지만, 울음을 터뜨릴 겨를도 없이 제 자리로 돌아가는 친구들의 빨간 귀때기와 공포에 질린 어깨가 한꺼번에 움츠러들던 순간이, 퍼지는 향냄새에 희미하게 배어 있어.

산
책

4

정처 없는 배회자에서

평범한 보행자로

도쿄 [東京]

아침 일찍 파자마 위에 외투만 걸치고 나왔다. 출근하는 직장인들, 등교하는 학생들을 구경했다. 오랫동안 못 본 풍경이어서 그리움이 아련하게 차오를 줄 알았는데, 전혀 그렇지 않았다. 아픈 과거만 떠오를 뿐이었다. 규칙적인 생활은 나를 병들게 할 뿐임을, 사람들의 분주한 발걸음을 보고 다시 한 번 확신했다. 혹시나 했는데 이제 저 세계는 나와 완전히 결별했음을 인정했다. 그래도 오랜만에 맡아보는 아침 공기는 상쾌했다. 대빗자루가 있으면 골목을 여기저기 쓸며 다니고 싶었다. 어울리지 않게 활기찬 목소리로 아침 인사도 하고 싶었다. 꿈같은 일이다. 타국이니까 괜히 해보는 망상이다.

숙소로 돌아와 아침을 먹고 소파에 앉아 책을 읽었다. 외국이라고 해서 생활방식이 크게 달라질 리가 없다. 모르는 한자가 나왔다. Daum 일본어사전은 부수 재방변이 들어가는 한자를 제대로 인식하지 못해서 성질이 뻗칠 때가 있다. 역시 엉뚱한 한자가 뜬다. 연필로 모르는 한자 옆에 발음을 적어놔야 마음이 편한데 찝찝해서 문장을 읽는 리듬이 엉클어지고, 그러다 보면 독서 의욕이 꺾인다. 책장을 덮고 빈둥거리는 시간이 왔다. 구글 지도에서 디트로이트를 검색해봤다. 그냥 했다. 응? 디트로이트가 여기 있었던 거야? 전혀 생각지도 못한 곳에 디트로이트가 있어서 깜짝 놀랐다. 그렇다고 평소에 디트로이트의 위치가 막연히 여기쯤이겠지 어림짐작하고 있었던 것도 아니지만, 그래도 이상하게 거기는 아니겠지 싶은 곳에 디트로이트가 있어서 뜻밖이었다. 억지로 이유를 붙이자면, 살기 좋은 도시 토론토와 가까워서 어쩐지 어울리지 않는다고 할까.

네브래스카에 사는 사촌이 생각났지만, 네브래스카를 검색하지는 않았다. 그저께 이노카시라 공원 주변을 돌아다니다가 우연히 지브리 박물관 앞을 지날 때에도 잠깐 생각났던 사촌이다. 십년 전 사촌이 한국을 방문했을 때, 나루토의 세계에 흠뻑 빠져 있기에, 이거 한번 볼래, 하고 〈이웃집 토토로〉를 틀어줬더니, 심상치 않은 기운을 느꼈는지 순식간에 화면에 빠져들며, 영화가 끝날 때까지 한 번도 눈길을 떼지 않고 몰입해서 영화를 보고 난 다음, 재밌는 만화 보여줘서 고마워, 하고 포옹을 해주고 자러 갔던 조카 같은 사촌 스테이시 R. 스톰. 지금쯤 주립대 캠퍼스 운동장에서 라크로스 골대를 지키고 있을지도 모르겠다. 집중력이 뛰어난 친구니까 잘 막을 거라 믿는다.

정오를 지나는 햇볕이 좋아서 베란다에 의자를 가져가 햇볕을 쬤다. 눈을 감고 햇볕을 쬐면서, 비록 이렇게 따뜻하고 따사롭고 따스한 햇볕일지라도 나는 지금까지 햇볕에 빚진 게 하나도 없다는 생각이 들었다. 뫼르소는 햇빛 때문에 살인을 저질렀지만, 나는 햇빛 때문에 자살할 뻔했으니까. 햇빛이 감은 눈 속을 밝게 비춰서 십 년 전쯤 왼쪽 눈에 생긴 비문증이 새삼 어색했다. 그나마 눈 속을 떠다니는 부유물 중에 해마를 닮은 조각이 있어서 다행이긴 하다. 여전히 변함없이 그 모양 그대로 잘 떠다니고 있었다. 잠이 솔솔 왔다. 잠이 오니까 왠지 햇빛에게 지는 것만 같은 이상한 기분이 들었다.

방으로 들어가 낮잠을 자려고 누웠다가 그냥 일어나 벽에 기댄 채 한동안 멍하니 앉아 있었다. 뭔가 대단한 결심이라도 한 듯, 으차차 기합소리를 내며 옷을 갈아입었다. 몇 년 전에 입장 시간이 마감돼서 들어가지 못했던 신주쿠교엔에 가보기로 했다. 숙소에서 가까운 지하철역 계단을 내려가다가 마음을 바꿔 돌아 나왔다. 스미다 강을 따라 한 정거장 정도 걷기로 했다. 강변으로 가는 길에 전기 관련 업체 차량인 듯한 트럭 사이드미러에 안전고무장갑이 묶여 있어서 실웃음이 났다. 비상용으로 사용하려고 저기에다 묶어놓은 건가. 그렇다고 해서 한 켤레씩 양쪽에 다 묶어놓을 필요는 없을 것 같은데. 기술자가 저 장갑을 쓰고 나서 다시 제자리인 사이드미러에 묶는 모습을 떠올려보니, 역시나 기분이 좋아지면서 미소가 지어졌다. 고집스럽게 꼼꼼한 사람들을 어찌 좋아하지 않을 수 있겠는가.

스미다 강은 강폭이 적당해서 걷는 도중 건너편 건물이

나 흐르는 강물에다 잠깐씩 시선을 두며 거닐기에는 좋은 강이지만, 한강이나 유프라테스 강처럼 넋 놓고 한없이 바라보게 만드는 강은 아니라는 생각이 들었다. 아무래도 희미하고 흐릿하고 어렴풋해야 오랫동안 한자리에 멍하게 있을 수 있으니까.

지하철역이 나와서 내려가 지하철을 탔다. 맞은편에 앉아 있는 남자는 스마트폰을 보고 있고, 빈자리를 사이에 두고 그 옆에 앉아 있는 여자는 문고본 책을 읽고 있다. 책을 감싼 자주색 북커버가 예쁘다. 내 옆에 앉은 중년 남자가 내리려고 자리에서 일어나는데 옷자락에서 알약 한 알이 튀어나와 그가 앉아 있던 좌석에 떨어졌다. 옆자리에 떨어져 있는 새끼손톱 반절만 한 흰 알약을 신경 쓰지 않으려고 해도 자꾸만 힐끗힐끗 쳐다볼 수밖에 없었고, 치우고 싶어도 맞은편에 앉은 승객들이 모두 흰 알약을 주목하고 있는 것만 같아서 함부로 건드릴 수도 없었다. 아아, 손가락으로 팅, 팅겨버리면 속이 시원할 것 같은데.

환승역을 확인하려고 지하철 노선도를 살펴보다가 두 정거장 다음에 정차하는 역명이 눈에 익숙했다. 本郷3丁目. 어디서 많이 본 지명이다. 금방 생각났다. 작년 삿포로에서 묵었던 숙소가 있던 동네다. 아마 일본 어느 도시에나 꼭 있는 지명이 아닐까 싶다. 한국의 중앙동이나 미국의 다운타운처럼. 본향이라…. 잠시 지냈던 동네와 이름이 같다는 이유만으로 흥미가 생겼다.

　　　　언제나 그렇듯이 또 이렇게 일정에 변수가 생긴다. 신주쿠교엔에 갈지 혼고산초메에 갈지 고민하다가, 신주쿠교엔은 유명한 관광지니까 오늘처럼 다시 찾고 싶은 마음이 생길 것 같아 혼고산초메에서 내리기로 했다. 신주쿠교엔 입장에서는 나는 외국인이고 여행자인데 이렇게 간단히 방문을 취소하는 이유가 이해되지 않을 수도 있겠지만, 어쩌면 신주쿠교엔이라는 장소가 나에게는 이미 남산타워나 경복궁 경내처럼 언젠가는 방문할 테지만, 당분간은 갈 마음이 생기지 않아 찾지 않게 되는, 마음만 먹으면 당장에 갈 수도 있지만, 그 마음 자체가 좀처럼 생기지 않아 가지 않게 되는, 그런 장소로 자리매김한 게 아닌가 싶기도 하다.

　　　　혼고산초메 역에서 내려 지상으로 올라와 어느 쪽으로 갈지 두리번거리다 보니, 도로 위 수많은 전선이 공중을 가로지르며 늘어져 있는 모습이 도쿄의 도시미관답지 않아서 볼만했다. 소방서를 지나 경찰서를 끼고 돌아 조금 걸어가자 관공서인지 학교인지 붉은 벽돌 입구가 보였다. 도쿄대였다. 굳이 들어가지 않을 이유가 없으니까 캠퍼스를 둘러보기로 했다.

　　　　교문을 지나 얼마 가지 않아 문득, 일본에서 돌아오지 않은 할아버지가 생각났다. 어쩌면 할아버지가 월북하기 전에 오사카에서 만난 여자 사이에 낳은 아버지의 이복형제가 불우한 가정환경을 극복하기 위해 일찌감치 아버지의 성 대신 어머니의 성을 따라 귀화를 하고, 오로지 학업에만 매진해 급기야 동경대에 합격하게 되고, 마침 경제도 호황기여서 안정적으로 이 나라의 중산층으로 자리를 잡게 되고, 그렇게 세월이 흘러 그 자녀마저 어찌 된 영문인지 학업 성적이 남달리 뛰어나 도쿄대에 입학해 가장 아름다운 시절을 이 교정에서 보내며, 가끔 술에 취한 아버지가 들려준 할아버지 이야기를 떠올리며, 가족을 두고 북조선으로 떠난 할아버지의 자식들이 한국에 살고 있다는데, 자기는 아버지를 닮은 편이니까 한국의 자식들도 외탁을 하지 않았다면 서로 비슷하게 생기지 않았을까, 하고 생각하고 있는 건 아닐까. 만나면 너무 닮은 얼굴 때문에 웃음이 날까. 강의실 창가에서 창밖을 바라보며 피식 웃음 짓는 한 사람의 뒷모습 장면을 떠올리다가 이만 상상을 중단했다. 계속 이어나가다 보면 아무래도 어쩔 수 없이 북으로 간 조부의 남은 생애를 비관적으로 전개해나갈 수밖에 없을 테니까. 고철을 줍고 살았다는 어느 월북 소설가의 말년을 떠올리는 일처럼 아득해질 테니까.

　　　　　대학병원으로 들어가는 갈림길 앞에 오므라이스를 파는 푸드트럭이 서 있었다. 병원 사람들에게 꽤 인기가 있는 모양인지, 의사와 직원 들이 여럿 모여 있었다. 음식을 담은 봉지를 한 손에 들

고 한 명씩 떠나는 모습이 보기 좋았다. 학생회관 건물 안에 구내서점이 보여서 들어가봤다. 한국에 번역되지 않은 작가의 책을 잠깐 찾아보느라 몇 번 앉았다가 일어났더니 어지럽고 속이 불편해져서 관두고, 나도 모르게 자꾸만 책등으로 향하는 시선을 거두며 한 바퀴 둘러보기만 하고 나왔다. 가방에서 물을 꺼내 거북한 속을 달래며 건물 입구 한편에 서 있는데, 언젠가 졸업한 학교 장례식장에 문상 갔다가 구내서점에 들러 책을 한 권 사고 버스를 타고 집으로 돌아오는 길에 느닷없이 울음이 터져 한참 동안 고개를 파묻고 운 날이 생각났다. 오래전에 꾸었던 꿈의 한 자락이 스쳐 지나가는 느낌이었다.

12월에 접어들었는데도 아직 단풍이 들 기미가 보이지 않는 은행나무 길을 따라 걸어가자 본관이 나왔다. 전공투 점거 시위가 벌어졌던 야스다 강당이다. 야광색 패딩 점퍼를 입은 중국인 관광객이 강당을 배경으로 사진을 찍고 있었다. 맞은편 건물 일층 강의실에서 수업이 진행 중이다. 강의실 앞자리와 가운데 자리를 모두 비워두고 맨 뒷자리에 모여 앉는 심리는 도쿄대생이나 노량진 재수학원 수강생이나 매한가지인 모양이다. 대학 1학년 첫 수업 때 교수가 추천한 책을 읽어보려고 도서관과 여러 서점을 돌아다녀봤지만, 이상하게 어디에도 같은 제목의 책을 구할 수가 없어서 한동안 의아해하던 중, 친구 생일선물을 사려고 들른 서점에서 고전 서가에 꽂혀 있는 두꺼운 장정의 책 제목을 우연히 보고, 깊은 한숨과 함께 지갑에 넣어두었던 메모지를 꺼내 한심하게 내려다봤던 기억이 생생하다. 교수가 추천한 책은 파스칼의 《팡세》였는데, 메모지에 적혀 있는 제목은 《빵세계》였지. 이상하다. 예전에는 이 일이 생각날 때마다, 도대체 《빵세계》라니, 피식, 싱거운 웃음이 흘러나왔는데 이번에는 무덤덤하기만 하다. 하긴 집 책장에 꽂혀 있는 《팡세》를 볼 때마다 매번 곱씹은 일이니까, 이제 유효기간이 지나도 한참 지났지. 안녕, 팡세야. 빵세계야.

　　　　발길 가는 대로 교정을 거닐던 중 주변이 어쩐지 공대스러운 분위기여서 건물을 확인해보니 공대 7호관이었다. 고풍스러운 다른 건물들과 달리 하나도 예스러운 멋이 없어서 보기에 좋았다. 어슬렁거리기에도 마음이 편했다. 어디로 이어지는 건지 궁금증을 불러일으키는 계단을 사람들이 드문드문 오르내리기에 올라가봤더니 도로를 건너는 구름다리가 나왔다. 다리 난간에서 달리는 차들을 구경했다. 데자뷔 비슷한 기분이 들었다. 기분을 되짚어가며 가만히 생각해보니, 데자뷔까진 아니고 오래전에 간 적이 있는 종묘에서 창경궁으로 넘어가는 다리와 비슷한 곳인 걸 깨달았다. 그때 창경궁에서 종묘로 넘어갔는지, 종묘에서 창경궁으로 넘어갔는지는 정확하게 생각나지 않지만, 지금과 똑같이 다리 난간에서 달리는 차들을 구경한 것 같기는 하다. 도쿄대생들은 이 다리를 뭐라고 부를까. 설마 시시하게 공대 구름다리라고 부르지는 않겠지.

　　　　다리를 넘어가자 갑자기 불어온 바람 탓일 수 있겠지만, 길바닥에 굴러다니는 나뭇잎의 양이 유난히 수북한 느낌이어서, 또 등나무 아래 그늘진 벤치의 분위기마저 어우러져서, 여긴 꼭 농대 같구나 싶었더니, 바로 농대 앞이었다. 대학 교정을 돌아다녀서 그런지, 자연스럽게 대학 시절이 떠오르는 건 어쩔 수 없는 모양이다. 봄이 절정으로 치달아 철쭉이 흐드러졌던 무렵이었나. 입학하고 어쩌다 보니 친해진 동기들과 처음 소풍을 간 장소가 농대 앞 잔디밭이었지. 어린이날이었고, 맥주와 과자를 담은 비닐봉지를 든 채 한동안 인문대 주변을 배회하다가 누군가 농대 갈까, 하고 건성으로 뱉은 말에 다들 기다렸다는 듯이 그래, 농대 가자, 그렇게 성의 없게 나들이 장소가 결정되었고, 농대 앞 넓은 잔디밭 한 귀퉁이에 돗자리를 깔았지. 맥주를 마시고, 새우깡을 먹고, 공 차고 놀다가, 술기운에 좀 누웠다가, 어떻게 알았는지 동기 몇이 찾아왔고, 그중에 관심을 두고 있었던 애가 있어서 기뻤고, 자주 그 애를 훔쳐봤고, 몇 달 뒤 그 애와 사귀게 되었고, 〈여고괴담〉을 같이 봤고, 한 달쯤 만나다가 아직 키스도 하기 전이었는데 감정이 식어버려, 어떤 일로 토라진 그 애의 마음을 풀어주지 않고 그대로 헤어졌지. 아마 그 애 자취방 근처 슈퍼의 간이 테이블에 마주 앉아 쭈쭈바를 빨아 먹고, 잘자, 하고 작별인사를 하고 헤어졌던가.

대학 시절을 자꾸만 떠올리는 일이 지겨워져서 이만 캠퍼스 밖으로 나왔다. 도로를 건너려고 신호를 기다리다가 건너편 가게의 붉은 간판에 눈길이 갔다. SINCE 1751. 아니, 입구에 담배 자판기를 갖다 놓은 흔한 주류 판매점 같은데, 붉은 간판 뒤편으로 오래된 이층 목조 가옥이 서 있기는 하지만, 그래도 1751년이라니. 역사책에서나 만날 법한 연도가 아닌가. 동학혁명이 일어나기에도 아직 백 년 하고 반백 년이 더 흘러야 하는 세월이 아닌가. 영조나 정조 때쯤이려나. 아직 사도세자가 살아 있을 땐가. 하아, 영조라니. 사도세자라니. 가늠이 안 되는 시간이다. 대학교 앞 동네 초입에 자리한 평범한 가게가, 아니구나. 가게를 개업했을 때는 대학교도 없었겠구나. 생각하면 할수록 1751년이라니. 횡단보도를 건너는 일을 잠깐 잊었다가 뒤늦게 깜박이는 파란불을 보고 길을 건너면서도, 1751년이라니. 아니, 1751년이라니.

주택가로 들어갔다. 한갓진 길이어서 아무 생각 없이 터벅터벅 걷기에 편했다. 늦은 오후 기우는 햇빛을 받는 거리가 윤이 나는 것만 같았다. 지금 막 널따란 대학교 캠퍼스를 돌아다니고 나왔으면서, 종아리 부근에 은근히 뭉치는 피로감을 느끼는 중이면서, 희한하게 방금 산책 나온 사람처럼 기분이 새로웠다. 마침 담쟁이덩굴에 둘러싸인 아담하고 귀여운 양과자점이 나타나서 꼭 들러야만 할 것 같은 의무감이 들어 쿠키 한 봉지를 샀다. 쿠키가 든 봉투를 손에 드니 내가 전보다 괜찮은 사람이 된 것 같은 착각이 들었다. 지역 문화회관 앞 안내판에 공연 포스터와 옅은 하늘색 팔절지가 붙어 있다. 시다.

살아갈 힘

90세를 넘긴 지금
하루하루가
너무나도 사랑스러워

뺨을 어루만지는 바람
친구에게 걸려온 전화
찾아와주는 사람들

제각각
나에게
살아갈 힘을
주네.

시바타 도요, 《약해지지 마》 중에서, 지식여행, 2010.

그러니까 저 시구대로라면 나는 진즉에 살아갈 힘이 바닥난 상태겠구나. 이미 전부 소진돼서 돌이킬 수 없는 외로움의 힘에 사로잡혀 이렇게 어슬렁거릴 뿐이로구나. 좋다. 어쨌든 시 한 귀퉁이에 그려져 있는 다이얼 전화기 그림이 귀엽긴 하다. 지금 전화가 왔다는 뜻인지 수화기 위에 짧은 빗금 네 줄도 귀엽고. 그래, 외로우면 어떠냐. 이렇게 귀여움을 알아볼 수 있는 안목만 잃지 않아도 다행인 것을.

도조히가시타로 씨 댁 문패 위에 카우보이 조각상이 서 있다. 존 웨인 같다. 문패 위에 존 웨인 조각상을 세워놓는 사람의 집 거실은 어떤 모습일까. 뭔가 잔뜩 진열되어 있을 것 같다. 어수선하거나 번잡스럽지는 않고 자주 쓸고 닦아 깔끔하게 정돈해놓았을 것 같다. 바로 앞 골목에서 남자아이 넷이 야구를 하고 있다. 방망이를 야무지게 휘두르는 자세를 보니까 나도 모르게 존 웨인 조각상으로 시선이 갔다. 만약 타자가 친 공이 존 웨인을 정통으로 맞혀 머리가 날아가거나 한쪽 팔이 떨어지거나 몸통이 두 동강 나버린다면, 늦은 저녁 귀갓길에 부서진 존 웨인 조각상을 마주한 도조히가시타로 씨는 어떤 감정에 휩싸일까. 지금까지 모아온 수집품의 수호자와 같은 존재로 여겨왔던 존 웨인의 머리를 들고, 팔을 쥐고, 상반신을 붙잡고 울음을 터뜨릴까. 그렇지 않아도 요즘 복받치는 일이 잦았던 참에 그 일을 핑계로 대문 앞에 쪼그리고 앉아, 집 안 식구들이 들을까 입을 막고 서럽게 흐느낄까.

내리막길을 걸으며 주택가를 벗어날 때쯤 길모퉁이의 작은 찻집이 귀여워서 그냥 지나치기에는 예의가 아닌 것 같아 잠깐 섰다. 이름마저 아이돌이다. 입구 옆 화분하며, 입간판 글씨체하며, 유리창에 드리운 가운데가 잘록한 레이스 커튼하며, 어닝천막에 매달아놓은 전구하며, 저 찻집을 운영하는 주인은 어린 시절 잠시 아이돌 활동을 한 것은 아닌지. 그래서 단골손님들이 이따금 그 시절 일화를 물어볼 때마다 못 이기는 척 담배 연기를 그윽이 내뿜으며 이미 한 얘기이지만 처음 꺼내는 듯 지금도 현역으로 활동 중인 유명한 연예인이 자신에게 어떻게 수작을 걸었는지 풀어내기 시작하는, 일본 아침 드라마 히로인스러운 생각을 해봤다. 유치했지만 이렇게 평소에 수기적으로 유치한 생각에 빠져야 정신 건강에 좋다는 믿음이 있기에 좀 더 건잡을 수 없이 유치해지고 싶었으나 참기로 했다.

주택가를 나왔다. 넓은 도로에 접한 인도를 걸으니까 궁상맞은 배회자에서 평범한 보행자로 신분이 격상된 기분이 들었다.

슬슬 숙소로 돌아가고 싶어져서 반환점을 도는 느낌으로 어림짐작 방향만 잡고 도로를 따라 걸었다. 중간중간 옆길로 새고 싶은 충동이 일었지만, 이제 정처 없이 헤매고 다니는 습관을 조금씩 고치기로 했으니까 나를 유혹하는 샛길을 못 본 척 외면했다. 공무원인 듯한 남자가 가로수 사이사이에 세워져 있는 기계의 화면을 확인한 후 목에 건 리더기 같은 도구에다 기록하며 걸어가고 있었다. 화면에 떠 있는 저 숫자는 뭘 뜻할까? 설마 방사능 수치는 아니겠지. 그냥 지나치려다가 남자가 저만치 멀어졌기에 가까이 가서 확인해봤다. 주차요금 표시기였다. 어쩐지 주차요금 표시기를 확인하는 내 모습이 마음에 들어서 주차요금 표시기의 디자인이며, 붙어 있는 스티커며, 스티커에 인쇄되어 있는 글자며, 꼼꼼히 살펴보고 돌아 나왔다.

어디선가 여자의 비명소리가 메아리처럼 들려와서 바닥을 보며 걸어가던 시선을 들어 주변을 둘러봤다. 멀리 건물 꼭대기 뒤편으로 롤러코스터가 보였다. 이 나라의 도심지 한복판에서 관람차를 만나는 일은 자주 있는 편이지만, 사실 그 정도가 너무 지나쳐 이젠 관람차 성애국이 아닌가 싶은 의심이 들기도 하지만, 저렇게 건물 사이를 휘젓고 다니는 롤러코스터와 마주친 건 이번이 처음이어서, 역시 수도라 관람차만으론 성에 차지 않는 모양이군 싶었다. 고개를 들고 입을 멍하니 벌린 채 한동안 쳐다봤다. 확실히 비명을 지르는 코스에선 나도 모르게 어휴, 겁나는 표정이 지어졌다. 마치 종이에 펀치로 구멍을 뚫어놓은 것처럼 건물 꼭대기 귀퉁이에 난 구멍을 통과하는 순간에는 탑승객이 내지르는 비명과 겹쳐져 어딘가 반짝 빛나는 아름다움이 있었다. 나는 언제쯤 롤러코스터를 타게 될까. 지난여름에 태어난 조카가 롤러코스터를 탈 수 있을 만큼 키가 자라면, 녀석의 손을 꼭 잡고 함께 타게 될까. 삼촌 얼굴이 왜 그렇게 창백해? 손 아파. 놔. 조카야, 삼촌이 처음이라 그래. 손 좀 잡고 있어주지 않을래. 안전 바를 여러 번 확인하며 이런 대화를 나누게 될까.

　　　놀이공원 주변이라 사람이 많았다. 갑자기 높아진 인구밀도에 얼른 이 지역을 벗어나고 싶은 마음 반, 웃고 떠들고 어울려 다니는 젊은이들을 구경하고 싶은 마음 반이었다. 뭘 좀 마시면서 앉아 있을 곳을 찾아 돌아다니다 보니 도쿄돔이 나타났다. 야구 경기가 있는지 입구에 사람들이 많이 모여 있었다. 근데 야구 경기를 관람하려고 기다리는 인파치곤 대체로 연령대가 어리고 비슷해 보여서, 게다가 다들 옷들도 하나같이 검정 계열 차림이어서 자세히 주변을 살펴봤더니 경기장 천장 기둥에 커다란 검은색 대형 현수막이 걸려 있었다. BIGBANG. 그제야 요술방망이같이 생긴 굿즈를 들고 다니는 발랄한 팬들의 모습이 눈에 들어오기 시작했다. 한국에서 읽다가 엎어놓고 온 책 중에 지금 젊은 친구들은 지용이라는 이름을 들으면 시인 정지용이 아니라, GD 권지용이 먼저 떠오르는 세

대라고 쓴 어느 서평가의 문장이 생각나서 피식 웃음이 나왔다. 나는 빅뱅의 노래를 좋아하지만 팬은 아니어서 담담한 마음으로 두 손을 주머니에 꽂은 채 들떠 있는 팬들을 구경하고 다녔지만, 만약 저 커다란 검정 현수막에 2NE1이라는 글자가 펄럭이고 있었다면, 슬그머니 지갑을 꺼내 지폐를 한 장 한 장 세어보며 심각한 고민에 빠졌겠지. 만약 카라였다면, 지갑을 확인하는 단계를 생략하고 바로 카드를 매만졌겠지.

이만 숙소로 돌아가려고 가까운 역을 구글 지도로 찾아보다가 근처의 역 이름이 눈에 들어왔다. 오차노미즈. 좋아하는 영화 〈카페 뤼미에르〉의 마지막 장면에 나왔던 장소. 그 오차노미즈가 가깝구나. 엔딩 타이틀에 흘렀던 노래가 마음에 들어서 한동안 멜로디를 흥얼거리고 다녔던 기억이 난다. 인생이 꽤 고달팠던 시절에 많은 위로를 받았던 영화라 그런지 감회가 남달랐다. 기분이 이상했다. 오래전 오차노미즈라는 지명을 들었을 때는 그저 발음 그대로 오차노미즈일 뿐이었지만, 일본어를 조금 배운 지금은 자연스럽게 녹찻물로 해석되어, 영화 속에서 대여섯 개의 전철 노선이 엇갈리는 다리 밑으로 흐르던 강의 물빛이 녹차 빛이었던가, 가만히 떠올려보게 되었다. 뜻을 알기 전에 오차노미즈의 어감이 더 좋았다는 느낌이 들어서 조금 섭섭했다. 어스름이 깔리기 시작했고, 환하게 불을 밝히며 달려가는 전철을 오래 바라보고 싶었다. 영화를 다 보고 어두운 방에서 울었던 그날처럼, 어렵지 않게 눈물이 차올라 저녁 풍경이 뿌옇게 흐려졌으면 싶었다. 오차노미즈로 향했다.

길

신사의 경내를 둘러봅니다. 오미쿠지를 뽑아 운세를 점쳐보고, 색이 고운 오마모리를 기념으로 하나 사고, 나무패에다 소원을 적어 걸어 놓습니다. 그러니까 할 수 있는 일은 다 한 셈입니다.

돌아갑니다. 함께 돌아가는 길이면서 서로를 배웅하는 기분이 드는 건 왜일까요. 배웅하는 마음과 배웅 받는 마음이 고스란히 전해져 작별의 서운함이 공평하게 평형을 이룰 때도 있을까요. 반짝이는 눈가나 찡한 코끝을 동시에 들켜버리는 순간도 있을까요.

마음이 여린 사람이 사람을 보내고 떠나는 일에 익숙해졌다면, 그건 잘 지내고 있다는 뜻일까요. 보내는 일도 떠나는 일도 어쩌면 처음부터 가본 적 없는 곳을 향해 돌아가는 길인지도 모르지요. 아무튼 모두들 잘 돌아갔으면 합니다. 이왕이면 가벼운 발걸음으로 마중 나가듯 말이에요.

공원

숲만큼 떨어져 있던 거리가 나뭇잎 몇 장으로 수렴되는 동안, 그새를 못 참고 제 밑동이 아닌 자리에다 팔랑팔랑 낙엽을 날려 보내는 은행나무.

저 혼자 노랗게 물들었으면 그만이지. 돗자리를 깔고 누운 연인들 쪽으로 뭐 하러 한 잎 두 잎 분위기를 연출해줍니까. 대책 없이 샛노랗기만 한 것으로도 모자라 눈치마저 참 없습니다.

가을이 저무느라 공원 곳곳에는 이상한 친구들도 출몰하고, 저마다 누가 더 세심해지나 경쟁하듯, 늦가을 정취에 부족하지 않도록 폭주하는 감수성을 내버려둡니다. 온통 울긋불긋하니까 부끄러울 겨를도 없습니다.

미친 척하고 낙엽 위를 뒹굴고 싶어져서 마땅한 장소를 물색해봤지만, 이미 목이 좋은 자리는 꼬마들의 낙법이 한창입니다. 아주 머리에 둥지를 틀었습니다.

저만치 멀어지는 사람이라면 반드시 외로워야 안심이 될 것 같고, 의외로 외로움에 서툰 사람이라면 모른 체 낙인이라도 찍어야 마음이

놓입니다. 이 좋은 가을에 공원을 찾았으면 조금은 고독할 책임이 있는 거 아닙니까. 서로의 고독을 알아보는 일만큼 즐거운 소일거리가 어디 있겠습니까.

그래 봤자 가을이고 하필 공원입니다. 코끝을 스치는 생량(生凉)은 산뜻하고, 고작 쓸쓸하고 오붓할 뿐입니다.

취미

바람이 분다. 주로 낙엽이 진다.

마구 알록달록 껄렁하게 떨어져서 시비 걸고 싶은 단풍잎.

만화 〈이상한 나라의 폴〉 최종화에서

대마왕은 어떻게 최후를 맞이했나.

날아오는 폴의 요요와 니나의 목걸이와 삐삐의 목줄을

가소롭게 비웃던 대마왕. 하지만

자신이 일으킨 회오리바람 때문에

가속도가 붙은 요요와 목걸이와 목줄에 그만 당황해서

얼굴에 맞고 뿔이 부러져 번개를 일으키며 으으으 괴롭게 사라지지.

그렇게 벼르고 별렀던 대마왕의 최후였는데

이렇게 황당하게 쓰러져버리다니.

어린아이의 가슴에 너무 일찍 허무의 씨앗을 파종했던.

십 대 시절 어설프게 싹을 틔운 니힐리즘에 한동안 고생했던.

어느새 익숙한 거리를 마냥 배회할 뿐인 취미가 없는 사람이

여기에서 저기까지 갔다 오면 몇 가지 상처가 생기는지 볼래요? 되묻듯

바람이 분다고 해서 추억에 잠기지 않게 아무 취미나 가졌으면.

취미는 중요하니까.

중년의 취미는 청춘의 방황보다 소중하니까.

노년의 취미는 중년의 고비보다 귀여우니까.

요통을 참으며

걸어 다닙니다

가와사키 [川崎]

그저께 침대에서 내려오다가 허리를 다쳤다. 억지로 외출을 하려고 숙소 밖을 나섰다가, 첫 번째 모퉁이를 못 돌고 다시 되돌아와야 했다. 온종일 방에서 보냈다. 책을 읽고, TV를 보고, 일기를 썼다. 도쿄에 도착한 첫날 사둔 식빵, 토마토, 달걀, 나폴리탄 소스로 끼니를 해결했다. 입이 궁했지만, 가장 가까이에 있는 편의점까지도 도저히 걸어갈 엄두가 나지 않았다. 재채기를 할 때마다 눈앞이 아찔했다. 욕조에 뜨거운 물을 받아 반신욕을 하고, 일찍 잠자리에 들었다. 자꾸만 모로 누워 손바닥을 괴고 자는 습관대로, 무의식적으로 몸을 옆으로 돌아누우려 해서 앓는 소리를 내며 자주 잠을 설쳤다. 여행지에서 이런 적은 또 처음이라, 앓는 소리 중간중간에 헛웃음이 났다.

　　어제는 새벽에 깼다. 최대한 허리에 무리가 가지 않게끔 옆으로 손을 짚고 조심스럽게 일어나 허리를 움직여봤다. 전날보다는 통증이 덜 했지만, 여전히 많이 불편했다. 출근하는 사람들 발걸음소리가 들렸다. 후카츠 에리가 출연한 옛날 드라마를 보며 아침을 먹었다. 남자주인공이 슈크림 빵을 먹으며 다이어트 중인 후카츠 에리를 놀리는 장면이 재밌어서 크게 웃었다가, 허리가 아파 아침을 먹다 말고 한동안 바닥에 누워 심호흡을 했다. 청소기를 돌리고 쓰레기봉지를 내다 버리고 그동안 거의 읽지 않은 가이드북을 넘겨보며 오전을 보냈다. 아무래도 허리 상태가 도쿄를 갔다 오기에는 무리일 듯싶어 늦은 오후까지 숙소에서 빈둥거렸다. 저녁거리를 살 겸 잠깐 주변을 천천히 거닐었다. 걷는 동안에는 통증이 참을 만했는데 건널목 신호를 기다렸다가 다시 걸음을 내딛는 순간에는 허리가 다시 태어나는 것처럼 통증이 심했다. 건널목을 한없이 느리게 건너는 나를 쳐다보는 운전자의 시선이 느껴졌다. 오랜만에 꽤 부끄러웠다.

밤늦도록 북오프에서 산 만화책을 보느라 정오가 다 되어서 일어났다. 여전히 허리가 불편했지만, 오늘은 무조건 외출할 생각이다. 침대에서 일어나 곧장 욕조에 더운물을 받고 몸을 오래 담갔다. 다행히 어제보다 통증이 한결 가라앉은 느낌이다. 지팡이 대용으로 쓰려고 우산을 챙겼다. 구름이 잔뜩 낀, 바람이 많이 부는 날씨다. 바람이 부니까 괜히 아픈 허리가 불안했다. 오전에 잠깐 비를 뿌린 모양인지 땅이 젖어 있었다. 신가와사키 역에 도착해서 어디로 갈지 노선도를 보다가, 생각을 바꿔 전철역을 나왔다. 아무래도 날씨가 흐린 데다 허리도 언제 변덕을 부릴지 모르니까 그냥 가까운 동네를 산책하기로 했다. 가보지 않은 길로 방향을 정하고, 걸음을 옮겼다.

가능하면 경사진 길을 피해 다녔다. 걸을 때도 돌부리나 턱에 걸리지 않게 주의하며 걸었다. 이렇게까지 온 신경을 허리에 빼앗긴 상태로 굳이 산책을 해야 하나 살짝 회의가 들기도 했지만, 걸음걸이가 평상시 같지 않고 보행속도가 느려서 그런지 평소에 산책할 때와는 다른 감각으로 거리를 감식하는 듯한 기분도 들었다. 비록 지속적인 요통을 동반하기는 했지만, 나름대로 색다른 재미가 있었다. 가로등 기둥에 레서판다 사진이 표지판처럼 붙어 있다. 아무 이유 없이 그저 많이 귀여우니까 붙여놓은 것 같다. 좋은 일이다. 판다같이 너구릿과 동물들의 사진은 저렇게 아무 데나 별다른 이유 없이 붙어 있을 자격이 있다고 생각한다. 그들의 순한 습성과, 줄어드는 서식지와, 안타까운 번식력과, 독보적인 비주얼을 생각하면 마땅히 존중받을 만한 귀여움이다.

허름한 아파트 단지 앞 벤치에 행색이 초라한 노인이 앉아 있다. 아파트 주변에 어수선하게 자란 잡풀들이 노인을 더욱 궁색해 보이게 만든다. 산보를 나왔다가 쉬는 중인가 보다. 햇볕이 좋은 날이었다면 저렇게 앉아 햇볕을 쬐었겠지. 더 노인다웠을 것이고 보기에 좋았겠지. 산보를 마치고 귀가하는 노인의 마음을 떠올려본다. 몸을 움직여 바깥 공기를 쐬면 기분전환이 되기 마련이다. 기분전환만 잘해도 괜찮게 살아갈 수 있을 것 같다. 지금 저 노인은 내가 허리가 불편하다는 것을 눈치챘을까. 집으로 돌아가서 잠이 들기 전에 문득, 오늘은 허리가 좋지 않은 젊은이를 봤군, 하고 생각할까.

건물과 건물 사이에 난 샛길을 따라 도랑이 흐르고 있다. 수돗물을 끌어올려 만든 인공 도랑 같다. 물이 맑다. 얼마나 차가운지 만져보고 싶지만, 허리 때문에 그럴 수가 없다. 모퉁이를 돌자, 도랑의 수심이 조금 깊어진다. 도랑에서 이만 눈을 떼고, 다른 길로 들어서는 길목으로 걸음을 옮기는데, 시야 끄트머리에 흐릿한 그림자가 쓱 지나간다. 뭐지. 다시 가서 물속을 들여다봤더니 팔뚝만 한 잉어가 헤엄을 치고 있다. 가끔 관광지나 시골 수로에서 본 적은 있지만, 이런 도쿄 외곽 베드타운의 으슥한 골목에서 한가롭게 유영하는 잉어를 만나니까 어딘가 오묘하다. 사람 인기척을 느꼈는지 수면 위로 주둥이를 뻐끔뻐끔 내민다. 큰 물고기의 뻐끔거리는 주둥이를 볼 때마다 꼭 손가락을 똑 떼어먹을 것만 같다. 어릴 적 아버지가 잡아온 가물치를 욕조에 넣고 구경하다 만져보려고 손을 댔다가 물린 적이 있는데, 그 이후에 생긴 가벼운 편집증이다. 잉어의 일본말은 고이다. 고이? 사랑과 같은 발음인 걸 새삼 깨닫는다. 사랑 입장에서는 많이 손해 보는 기분이겠다.

송전탑이 보인다. 수직의 송전탑은 드넓은 들판에 서 있

잉어(鯉)와 사랑(恋)의 일본말은 こい로 발음이 같다.

을 때 가끔 아름다워 보인다. 하지만 주거지역 바로 위를 가로지르는 경우에는 아무래도 동네 전체를 침울하게 만드는 흉물에 가깝다. 그렇지만 또 오늘처럼 날씨가 우중충한 날에는 하늘을 뒤덮은 회색 구름을 배경으로 높다랗게 솟아 고압선을 늘어뜨린 모습이 어딘가 인더스트리아적인(?) 미래주의를 지향하는 거대한 설치미술같이 보이기도 한다. 유년 시절을 공업도시에서 보내서 그런지, 가만히 송전탑을 바라보는 동안 이상하게 정체불명의 향수에 젖는 기분이 든다. 특별히 그리워하는 시절이 아닌데도 어째서 그런 기분이 드는지 모르겠다. 지금 당장에 확신할 수 있는 것은, 아버지가 근무하는 섬유공장을 친구들과 놀러 다니던 시절보다 허리가 멀쩡하던 나흘 전이 더 간절히 그립다는 사실이다. 어제와 마찬가지로 걸음을 멈췄다가 다시 걸으려고 발을 떼면, 새롭게 시작되는 요통이 이만저만 고역이 아닐 수 없다.

한 번씩 어딘가 걸음을 잘못 내디뎌 괴상한 신음을 내뱉기도 하고, 들쑥날쑥 종잡을 수 없는 허리 통증에 리듬을 맞춰가며 어쨌든 걷고 있다. 잠깐씩 신세 한탄과 함께 자기비하에 빠졌다가, 그러면 또 이상하게 웃음이 슬금슬금 나와서, 웃으면 또 허리가 아프니까 웃음기를 거두고, 최대한 감정 기복 없이 거의 자학에 가까운 심신 상태를 유지하며 산책을 이어나간다. 아니, 이미 산책이라고 할 수 없는, 산책의 범위를 벗어난, 산책과는 다른 어떤 불편한 걸음으로, 단지 앞으로 이동할 뿐인, 흥미를 유발하는 어떤 것을 보려면 고개와 몸을 같이 돌려야 하는, 얼핏 연기가 어설픈 좀비 같은, 흐린 날의 단순한 외출이라고 하기엔 그래도 어딘가 아쉬운, 아마도 그저 평소에 산책을 즐겼으니까 그 관성으로 걷게 되는 게 아닌가 싶은, 그렇게 한 걸음 한 걸음 신중하게 걷는 중이다. 언뜻 삼보일배나 오체투지 전 단계의 수행을 하는 듯한 착각이 들기도 하지만, 그렇게까지 비약하고 싶지는 않다.

유리창 너머로 흰 조리복을 입은 파티시에가 분주하게 과자를 만들고 있다. 일하는 모습은 언제나 보기 좋다. 창에 가까이 다가가서 구경한다. 고소한 냄새가 진동한다. 허리 때문인지 좀처럼 허기가 돌지는 않는다. 가게 안 직원들은 웬 사내가 창문에 붙어 서서 군침을 흘리고 있다고 오해하겠지. 반죽을 만지는 파티시에의 손놀림을 구경하고 싶은 욕구와 과자를 사먹을까 말까 지나치게 고민하는 손님으로 비치는 것에 대한 부담감 사이에서 잠시 갈등하다, 홀연 일 년 전 나고야 버스터미널 근처 제과점에서 본 여자가 생각났다. 간식을 사려고 맥도날드에 들렀다가 줄이 너무 길어서 다시 나와 가까운 제과점으로 들어갔는데, 수습생으로 보이는 여자가 뭘 잘못했는지 중년의 제빵사에게 혼나고 있었다. 손을 모으고 반쯤 고개를 숙인 모습이었지만, 한눈에 봐도 심상치 않은 미인임을 알 수 있었다. 빵을 고르는 일은 빠른 속도로 무의미해졌고, 자꾸만 눈길이 갔다. 꾸중을 들어서 표정은 시무룩했지만, 보면 볼수록 경이로운 미모였다. 빵을 담은 쟁반을 들고 계산대로 향하며 당연히 여자는 어디에 있나 둘러보는데, 커피머신 주변에서 컵을 정리하는 모습이 보였다. 계산하는 동안 멍하니 여자를 보는데, 어색한 시선을 느꼈는지 이쪽을 봤고, 눈이 마주치자 옅은 미소와 함께 가볍게 목례를 했다. 나는 겸연쩍어 인사를 하는 둥 마는 둥, 종업원이 건네주는 잔돈을 받아 돌아서려다, 내 손바닥에 닿는 손끝의 느낌이 뭔가 청량감이랄까, 한여름 차가운 계곡 물에서 꺼낸 조약돌을 손 위에 놓는 느낌 같은, 굉장히 낯설고 신기한 감촉이어서 종업원을 봤더니, 놀랍게도 조금 전까지 넋 놓고 보던 미모의 여자와 똑같이 생긴 얼굴이었다. 쌍둥이? 너무나 놀란 나머지 하마터면 사람을 앞에 두고 두 여자를 번갈아가며 쳐다볼 뻔하다가, 다행히 정신을 차려 놀란 표정을 수습하고 빵 봉지를 주섬주섬 챙겨 가게를 나왔다. 다시 확인하려고 유리창 너머로 안을 살폈지만, 계산대 앞의 여자만 보일 뿐, 다른 여자는 어디로 갔는지 찾을 수가 없었다. 결국 차 시간 때문에 그대로 떠나야 했고, 지금까지도 두 사람이 쌍둥이가 맞는지, 아니면 미인을 슬쩍슬쩍 훔쳐보느라 그 잔상이 남아 순간적으로 착시현상을 일으켜서 전혀 다른 사람을 똑같은 얼굴로 착각한 것인지 혼란스럽다. 시간이 흐를수록 나고야의 빵집 아가씨를 본 기억은 생시에서 꿈의 경계로 넘어가는 것만 같다. 재난에 가까운 아름다움을 기억하는 형식이자 불가피한 부작용이겠지.

주택가에서 나와 도로를 따라 걷는다. 길이 넓어지니까 조금만 걸어도 금방 지치는 기분이다. 한적한 주택가를 거닐 때와 달리, 아무도 없는 널따란 길을 홀로 좋지도 않은 허리로 걸으려니까, 갑자기 사방이 낯설어지면서 그동안 쌓였던 여독이 한꺼번에 올라오듯 피로감이 든다. 인적 없는 휑한 대로를 엉기적엉기적 걷는 동안, 풀숲이 하나도 없는 황량한 벌판을 방향감각마저 상실한 채 배회하는 새하얀 토끼가 된 심정이다. 오른발과 왼발이 번갈아가며 교차하는 두 다리가 갑자기 내 걸음이 아닌 것처럼 어색하다. 평소에 외로움과 나는 혼연일체라고 믿고, 그런 숙명을 의심하지 않고 편안히 받아들이는 편인데, 더 나아가 외로운 삶을 기반으로 어떤 생산적인 일을 모색하거나 뜻깊은 가치를 도모하는 인간을 다소 경멸하는 편이기도 한데, 그런 내가 새삼스럽게 문득 외로움 비슷한 감정이 나와 불화를 일으키듯 사무쳐와서 당황스럽고 이질감이 든다. 거리가 차츰 번화해지고 다니는 사람이 는다. 큰길을 걸을 때는 최소한의 유동인구가 보행자의 정신적인 안정에 도움을 주기도 하는지, 한결 마음이 차분해지는 것 같다.

어디든 들어가서 쉬어야겠다. 중화요릿집 앞에 서서 메뉴를 훑어본다. 배가 고플 만도 한데 좀처럼 식욕이 돌지 않는다. 사흘간 끼니를 대충 때웠으니까, 맛있는 음식이 한술 들어가면 그제야 허겁지겁 수저를 놀릴 것 같기도 하다. 허리가 탈이 나기 전에 밖에서 마지막으로 먹은 음식이 뭐였더라, 한참 생각한다. 신주쿠 인도 음식점에서 먹은 갈릭 난과 마살라다. 그날은 전철을 잘못 타서 가와사키행 막차를 놓치는 바람에, 밖에서 밤을 보내야 했다. 택시를 탈까 잠시 망설였지만, 택시비가 서울에서 타고 온 항공료와 맞먹을 것 같아서 단번에 단념했다. 다행히 야마테 선은 아직 열차가 운행 중이어서 얼른 노선도를 보고 밤을 지새울 동네를 골랐다. 밤늦도록 번화하면서 아직 가보지 않은 지역은 신주쿠밖에 없었다. 신주쿠에 도착해서야 일본 최대의 환락가 가부키초가 자리 잡고 있다는 사실을 알게 되었다. 밤새도록 거리를 배회하는 사람들을 관찰하고, 호객꾼의 제안을 거부하고, 호스트의 난해한 헤어스타일을 감상하고, 매춘부의 권유를 두어 번 사양하다 보면 날이 금방 샐 것 같았다. 알코올 알레르기 때문에 술을 즐기지는 못하지만, 대신 닥터 페퍼를 한 캔 사서 한 손에 들고 심야의 환락가를 거니는 분위기를 나름대로 냈다. 유흥과는 인연이 없는 인생이라, 밤공기에 짙게 밴 환락가의 유혹은 금세 싫증이 났다. 밤이 깊어질수록 호객꾼들은 집요해졌고, 길목마다 잠복해 있는 매춘부를 떨쳐내느라 급격히 피로해졌다. 급기야 어디서 나타날지 몰라 조마조마하게 모퉁이를 돌아야 하는 심란한 지경에 이르게 돼서 마음 편히 밤거리를 돌아다닐 수가 없었다. 아무 곳이나 들어가 한동안 시간을 보내기로 하고, 마침 가게 앞에 나와 있는 인도계 남성의 인상이 좋아서, 평소 습관대로 식당 문 앞에서 출입 여부를 신중하게 망설이는 절차는 이미 많이 피곤한 상태니까 생략하고, 곧장 들어갔다. 그렇게 해서 먹은 음식이 바로 갈릭 난과 마살라였다. 최대한 식당 안에서 시간을 보내야 해서 아주 천천히 식사를 해야 했고, 식사 시간이 느리면 자연스럽게 음식을 음미할 수밖에 없으니까, 본의 아니게 지금까지도 갈릭 난의 식감과 마살라의 풍미가 입안에 고스란히 남아 있는 것처럼 각인되어 있다. 문득 아, 하고 이제야 허리가 탈이 난 원인을 깨닫는다. 사람들이 환락가의 여흥에 취해 비틀거리는 거리를, 나는 그저 일부러 길을 헤매듯 제풀에 지칠 때까지, 마치 자신의 걸음에 취해 취객의 걸음걸이를 닮아갈 때까지, 밤새도록 걷고 걷고 또 걸어 다녔으니까. '르누아르'라는 찻집에서 한 시간쯤 눈을 붙였다가, 첫차를 타려고 파랗게 밝아오는 새벽길을 걸어가는 몸이 멍석말이당한 듯 삐거덕거렸으니까. 밤새도록 걸어 다닌 내 발걸음이 내 온몸을 사정없이 밟아댄 기분이었으니까. 그렇게 날이 꼬박 새도록 싸돌아다닌 대가로 다음 날 허리를 내준 것이었구나.

　　　건널목의 차단기가 올라가 있지만 건너지 않는다. 전철을 한 대 보내며 오랜만에 차단기가 내려가는 종소리를 가까이서 듣고 싶기도 하고, 건너가서 기다려도 되지만, 그러면 또 기분이 덜 나니까 지나는 사람들한테 방해가 되지 않게 구석에서 기다린다. 가시마 역 플랫폼에 도착해 있는 전철이 보인다. 외대역 건널목이 생각난다. 근처 옥탑방에 살았던 친구도 생각난다. 영화를 공부한 친구 생각 때문인지, 건널목 차단기가 꼭 슬레이트 같다. 일본국립박물관 정문 기념품점에서 그에게 보내려고 엽서를 샀는데, 아직 한 자도 쓰지 않았다. 아마 이번에도 사놓기만 하고 부치지 않을 것 같다. 그런 엽서가 늘어난다. 서표로 사용하거나, 책상 앞에 붙여두거나, 책장에 세워놓은 엽서들. 그리운 마음으로 한 장 한 장 골랐겠지. 아직 그리운 사람이 남아 있어서 다행이다. 나를 그리워하는 사람은 남아 있을까. 가능하면 한두 명 정도는 있었으면 좋겠다. 종이 치며 차단기가 내려간다. 전철이 통과한다.

신가와사키 역으로 돌아왔다. 이만 산책을 끝내기로 하고 숙소 쪽으로 걸음을 옮기는데, 매일 숙소로 가는 길에 들렀던 슈퍼마켓 앞을 지나다가, 다시 걸음을 되짚어 신가와사키 역으로 돌아간다. 아무래도 아직 날도 환하고, 이대로 숙소에 들어가기에는 아쉽고, 그렇지 않아도 숙소가 있는 가와사키를 하루 날 잡아 돌아다니려고 했는데 오늘을 그날로 정하고 해가 질 때까지만 산책하는 걸로 아픈 허리를 달래듯 약속한 다음, 전철 노선도를 본다. 역무원에게 가까이에 유명한 상점가가 있느냐고 물어보니, 웃으며 한 역을 알려준다. 잘 알아듣지 못하니까 이번에는 손으로 꼭 짚어준다. 그러면서 브레멘 상점가. 브레멘. 브레멘. 되풀이해서 말한다. 브레멘이 뭐냐고 물어보니까, 브레멘노온가쿠타이(ブレーメンのおんがくたい), 브레멘노온가쿠타이. 온가쿠? 그래 음악이고, 타이? 아! 음악대. 브

레멘 음악대! 알아듣고 손으로 드럼을 치는 흉내를 내자, 미소를 지으며 맞다고 고개를 끄덕인다. 상점가 이름을 브레멘 음악대에서 따온 모양이다. 전철 플랫폼 의자에 앉아 브레멘 음악대의 줄거리를 생각해보지만, 당연히 생각날 리가 없고, 간신히 떠오른 당나귀 한 마리만 머릿속을 뛰어다닐 뿐이다.

　　　그렇게 해서 모토스미요시 역에서 내려 브레멘 상점가에 왔다. 흔한 아케이드 거리를 예상했는데, 한국의 중소도시 시내 같은 분위기여서 왠지 반갑고 기분이 경쾌하게 들뜬다. 브레멘 음악대 조형물이 여기저기 보인다. 당나귀 등에 개, 개 등에 고양이, 고양이 등에 닭이 올라타서 당당하게 달려가고 있다. 웃기고 귀엽다. 상점들이 모두 문을 닫은 깊은 밤에 돌아다니면 재밌을 것 같다. 반죽 굽는 냄새가 너무 강렬해서 다이야키를 하나 사서 먹는다. 다 먹고 나니까, 드디어 식욕이 돌고 허기가 진다. 사흘 동안 외식비가 굳었으니 사치를 부리고 싶다. 늘 먹어왔던 음식을 제외하면 남는 메뉴는 하나, 스시. 어딘가 기합이 잔뜩 들어가며, 그래 스시집 가자. 먹자. 스시. 두리번두리번 스시집을 찾으며 걷는다. 스시집이 보인다. 상점가 분위기와 어울리게 실내장식이 서민 친화적이다. 마음에 든다. 너무 비싸지 않을 것 같아서. 그래도 스시집이니까 가격을 확인한다. 먹자. 스시. 문을 열고 들어간다. 손님이 한 명도 없다. 나이가 지긋한 요리사가 식탁 앞 주방에서 가볍게 인사를 한다. 허리 때문에 속칭 '다찌'라고 부르는 식탁에 앉기가 많이 부담스럽지만, 손님이 아무도 없는 가게에서 주방과 떨어져 있는 테이블에 앉는 건 실례인 것 같아, 불편하지만 주방 앞 식탁에 자리를 잡는다. 요리사가 따뜻한 녹차를 따라준다. 적당한 가격의 세트 메뉴와 대뱃살을 따로 하나 시킨다. 고령의 요리사는 스시를 만들기 시작하고, 나는 가게를 둘러본 뒤, 차를 마시며 요리사를 잠깐씩 본다. 스시를 하나하나 완성해서 그릇에 담는 손동작이 깔끔하다. 요리사가 손안에서 한입 크기의 음식을 만든다. 손님은 그 형태를 그대로 유지한 채 입으로 가져가 먹는다. 이것이 스시의 정수다. 요리사는 음식을 음미하는 손님의 반응을 바로 앞에서 확인할 수 있고, 손님은 맛의 취향을 은근히 비칠 수 있다. 요리사의 손과 손님의 미각이 서로 대결하듯 노골적으로 교감하는 장소, 바로 스시집의 연대다. 오랜만에 호사를 누리려다 보니까 나도 모르게 흥분한 모양이다. 스시가 나온다. 같이 나온 미소국을 호오 불어마신 다음, 스시를 먹는다. 맛있다. 등받이 없는 의자에 앉아 있는 허리에 지그시 전해져오는 통증을 마비시킬 정도는 아니지만, 그래도 충분히 맛있다. 식사를 마치자 고령의 요리사가 묻는다. 녹차 더 드릴까요? 예, 감사합니다. 다시 따라준 녹차를 천천히 마신 뒤 자리에서 일어난다. 잘 먹었습니다. 요리사가, 감사합니다, 인사한다. 가게를 나선다. 마음이 편안하다. 과식하지 않은 속처럼, 하나도 부담되지 않는, 진심 어린 격려를 받은 느낌이랄까.

걸음을 멈추고 싱겁게 웃는다. 이번에는 오즈 상점가가 나온다. 어릴 적 성탄절 오후에 TV에서 수시로 방영한 〈오즈의 마법사〉. 회오리바람을 타고 집과 함께 통째로 날아와 나쁜 마녀를 깔아뭉개 죽인 도로시와 토토가 허수아비, 양철 나무꾼, 사자와 함께 노란 길을 따라 마법사에게 소원을 빌러 가는 이야기. 그렇지. 그런데 도로시의 소원은 귀향이고, 겁쟁이 사자는 용기, 허수아비는 심장? 뇌? 사람? 아니, 양철 나무꾼이 사람이었나? 사랑인가? 역시나 헷갈린다. 그러면 그렇지. 제대로 기억하는 게 없다. 아주 드문 일이지만, 이럴 땐 혼자여서 살짝 쓸쓸한 기분이 들기도 한다. 숙소에 돌아가면 브레멘 음악대의 줄거리를 알아보고, 허수아비와 양철 나무꾼의 소원도 확인해봐야겠다. 그러다 보면 늘 그랬듯 어느새 쓸쓸함은 고독으로 번지지 않고 지나가기 마련이니까. 오즈 상점가는 큰 도로를 건너 다시 이어지지만, 옆에 공원 입구가 보이기에 그쪽으로 걸음을 돌리기로 한다.

야외 공연장에서 엄마들이 아이들 사진을 찍어주고 있

다. 갖가지 포즈를 요구하는 엄마들이 먼저 시범을 보이면 아이들이 그대로 따라한다. 아이들의 옷차림이 범상치 않은 것으로 보아, 아마도 아동 모델을 모집하는 데나 그런 비슷한 곳에 응모하려나 보다. 넓은 공터에서는 열한두 살쯤으로 보이는 여자애 둘이, 가운데 자전거 두 대를 네트 삼아 세워놓고 정구를 치고 있다. 잘 친다. 공을 주고받으며 랠리를 꾸준히 이어가는 모습이, 아마도 학교에서 부활동이라도 하는 모양이다. 가까이에 고등학교가 있다. 펜스 너머로 야구부 학생들이 연습 중이다. 지난밤에 읽은 아다치 미치루의 만화가 떠오른다. 까맣게 그을린 피부가 흠뻑 땀에 젖은 모습이 그야말로 반짝반짝 빛나는 청춘이다. 타격 훈련을 하는 선수를 따라, 지팡이 대용으로 들고 있던 우산을 배트처럼 쥐고 휘둘러보려다가, 다시 얌전히 제자리로 복귀한다. 나도 모르게 아픈 허리를 망각하고, 펜스 저편 청춘의 세계에 샘이 났던 모양이다. 초등학생 셋이 가위바위보로 몇 발짝 먼저 가기 놀이를 하고 있다. 한 명은 꺽다리, 한 명은 뚱보, 한 명은 쥐방울이어서, 어떻게 저렇게 훌륭한 조합으로 친구가 되었는지. 어쩌다 꺽다리는 쥐방울과 친해지고, 뚱보는 꺽다리와 친해졌는지. 완연히 다른 개성은 저들의 우정을 돈독하게 만들겠지. 봐라. 벌써 쥐방울은 선두로 나서고, 뚱보는 중앙을 확보하고, 꺽다리는 꼴찌를 차지하는 흐뭇한 광경을 연출해내지 않는가. 멀리 떨어져서 놀이에 동참하듯 가위를 내본다. 마지막으로 가위바위보를 한 게 언제더라. 기억날 리가 없지. 해가 진다.

만독가

남자는 매주 일요일 이노카시라 공원에서 퍼포먼스를 섞어가며 만화를 낭독해줍니다. 단돈 백 엔이니까 저렴한 편입니다. 지금이야 우렁찬 목소리로 만화를 쩌렁쩌렁 낭독하는 사내지만, 학창 시절에는 왕따를 당했다고 합니다. 그래서 왕따의 후유증 때문인지 성격이 내성적이라고.

고등학교를 졸업하고 잠깐 아르바이트를 하다 금방 관두고 은둔형 외톨이로 한동안 지내다가 일 년 만에 히키코모리 생활을 청산하고, 다시 성우나 배우를 해볼까 양성소 같은 곳을 기웃거려봤지만, 별다른 성과를 내지 못한 채 이런저런 아르바이트를 하며 지내는 중에 꾸준히 좋아했던 만화와 애니메이션을 재료 삼아 무얼 해볼까 연구하다 혹시 성우 연기에 도움이 될까 싶어 만화의 주요 장면을 스케치북에 옮겨 그려놓고 사람들에게 읽어주게 되었다고 합니다. 지금은 가끔 방송도 타고 영화에도 출연하며 약간 유명인사 비슷한 입장이지만,

그래도 대놓고 아는 척하기에는 서로 민망한 어중간한 위치가 아닌가 싶습니다.

마침 《북두신권》을 낭독하고 있습니다. 남자의 리스트 중 가장 인기 있는 만화지요. 퍼포먼스도 그만큼 화려한 편입니다. 이미 만화의 내용을 아는 분들이 과연 그 화려한 액션 장면을 어떻게 구현할지 아무래도 궁금증이 일어 낭독을 신청하는 경우가 많은 듯합니다. 남자는 손님에게 양해를 구하고 갑자기 윗도리를 벗습니다. 그렇군요. 가슴에서부터 배꼽까지 큰곰자리 일곱 개 별이 찍혀 있습니다. 악당의 대사는 더욱 비열해졌고 잠시 정적이 흐르는가 싶더니, 아다다다다다다다다다다다닷! 와다다다다다다다다다다다닷닷! 야다다다다다다다다닷다다다다다다다닷! 겐시로의 무수한 주먹이 남자의 목소리를 빌려 공중에 날아다닙니다. 야다다닷다다닷다다다다다다다닷닷! 아다닷닷다다다다다닷다다다다다다다다닷아! 와다다닷닷다다다다다다다다다다닷닷! 잊어버린 어떤 어린 시절 메아리처럼 울려 퍼집니다. 남자가 일어나 괴성을 지르며 생일 폭죽을 터뜨립니다. 아마도 겐시로의 주먹에 난타당한 악당의 얼굴이 폭발하는 효과를 앙증맞게 연출한 게 아닌가 싶습니다.

허공

비눗방울이 떠다니는 동안 허공은 공중이 됩니다.

새들은 하늘을 피해 다니느라 바쁩니다.

무거웠다가 가벼웠고 선명했다가 희미했습니다.

하늘에서 동전이 떨어질 것만 같은 추위입니다.

팔다리가 공중에서 펄럭였습니다.

손바닥에 휘감겼다 풀리던 머리카락이며

한 손에 꼭 쥐어지던 발목이며

옛 애인의 시체를 헹가래 치는 꿈이라니.

비눗방울이 터지면 공중은 허공으로 돌아갑니다.

허공의 잔해를 남겨놓고 흐릿하거나 투명합니다.

나무

나는 나에 가까스로 먼 이름을 잘못 부릅니다. 꽃사과나무는 아그배나무가 아닙니다. 꽃사과에서 아그배로. 나는 눈물이 늡니다. 나는 나를 잊고 지긋지긋하게 사라집니다. 나는 나를 씁니다.

누군가 나를 위해 떠납니다. 나는 웃습니다. 나처럼 웁니다. 나에게서부터 나까지 나를 부정합니다. 모감주나무를 쳐다보는 나의 눈빛은 모감주나무를 알아보는 눈빛입니다. 어디선가 들리는 나를 부르는 호명은 나를 망칩니다. 나는 모릅니다. 대봉시 밭에 풀어놓고 키우는 닭의 맛을. 닭의 기지개를. 닭의 뒷짐을. 닭의 딴청을. 나는 몰라서 서로 붙어 있는 마른 두 장의 잎을 떼어낼 뿐입니다. 흔들리는 잎 아래로 고개를 숙여 떨어진 열매를 주우면 나는 나에게서 나만큼 멀어집니다.

나는 나를 지웁니다. 나의 손끝에서 노각나무 수피의 감촉이 맴돕니다. 늦가을 는개 내리는 산등성이를 내려오다 미끄러졌을 때 잡은 그 노각나무. 하얗고 부드러워서 붙잡고 울기에 좋은 노각나무.

나는 나보다 늦게 잠듭니다. 나의 꿈속에 잠겨 꿈 바깥의 바람소리를 듣습니다. 물새가 일으키는 잠결을 읽습니다. 나의 잠꼬대를 읊는 나는 눈시울이 붉어집니다. 나는 노들, 하고 낮게 말합니다. 노들. 나는

노들에서 누군가와 헤어진 것만 같습니다.

나는 하염없이 흘러가 나에게 도착합니다. 나는 나에 가깝게 희미해
집니다. 나는 내가 그립습니다. 나는 나를 모릅니다. 나는 갈 곳이 없
습니다. 나는 갑니다.

사무엘 베케트, 《이름 붙일 수 없는 자》, "I Can't go on, I'll go on." 차용.

미
끄
럼
틀
은

다가와고토지 [田川後藤寺]

스베리 DIE

빗물이 한 방울 얼굴에 떨어진 것 같다. 흐리다. 구름뿐이다. 비는 내리지 않는다. 덴진 버스터미널로 향한다. 또 한 방울 맞은 것 같다. 하늘을 본다. 이번에는 손바닥도 대본다. 비가 올 듯한 하늘이지만, 아직은 내리지 않는다. 다시 또 한 방울 맞는다. 알고 보니 입술에 떨어지는 콧물이다. 흐르는 콧물이 아니라, 뚝뚝 떨어지는 콧물이다. 손수건을 꺼내 닦는다. 터미널에 도착하자마자 1번 라인에서 마지막 라인까지 행선지와 발차 시각을 읽으며 걸어갔다가, 다시 1번 라인으로 돌아온다. 가장 먼저 출발하는 버스를 탈 생각이다. 다가와고토지행이다. 지명만으로 막연히 유서 깊은 절 앞까지 가는 노선인가 보다, 하고 짐작한다.

버스가 후쿠오카 시내를 지나간다. 한 손에 우산을 든 사람이 많이 보인다. 잠이 온다. 잔다. 한기가 느껴져서 반쯤 깬다. 눈을 뜨지 않고 팔짱을 끼고 다시 잠들기를 기다린다. 잠든다. 버스 정차 안내방송 소리에 잠에서 깬다. 차창에 빗물이 흐른 자국이 남아 있다. 어느 대학교 앞이다. 한 남자가 패밀리 레스토랑으로 들어가고, 뒤따라 다른 남자가 들어간다. 잠은 오지 않지만, 다시 자려고 눈을 감는다. 역시나 잠이 오지 않아서 눈을 뜬다. 창밖을 본다. 멀

뚱멀뚱 시선만 둔다. 책을 읽으려고 가방을 연다. 책이 없다. 숙소에 두고 온 모양이다. 수첩을 꺼낸다. 맨 앞장에 적혀 있는 메모는 '아프리카의 인상-레몽 루셀'이다. 가타카나로 적혀 있다. 마지막에 써놓은 문장은 '모든 음절에 이응이 들어가는 이름 중 가장 예쁜 이름은 아오이 유우다'라고 적혀 있다. 아오이 유우(あおいゆう) 하고, 소리는 내지 않고 천천히 입모양만 지어본다.

　　　수첩에 쓴다. '덴진에서 헤어진 L과 K는 지금쯤 기념품을 사려고 돌아다니고 있겠지. 쇼핑에 유난히 약한 나처럼, 어쩌면 L과 K도 어지럼증에 시달리며 창백한 낯빛으로 이곳저곳을 헤매고 다닐 수도 있겠다. 나보다 명랑하고 차분한 L과 K니까 그러고(?) 다닐 리 없을 텐데, 어째서 그런 예감이 드는지 모르겠다.' 수첩을 덮고 창밖을 본다. 버스가 강을 건너 마을로 접어든다. 터미널에 도착한다. 건물 외관이 인상적이다. 많이 낡았다. 날씨까지 흐려서 더 허름하고 어둡게 보인다. 이만큼 퇴락한 건물이라면 도리어 아름답다. 버스가 들어왔던 입구로 다시 걸어 나와서 건물을 바라본다. 아마도 십 년 안에 사라질 것 같다. 승차장으로 돌아와 셔터를 내린 매표창구 주변을 서성인다. 매표소를 다른 곳으로 옮겼다는 안내문이 붙어 있다. 한 여자가 의자에 앉아 책을 읽고 있다. 건너 건너편에는 모자를 쓰고 마스크를 한 노인이 손을 모으고 앉아 있다. 그렇게 두 명뿐이다. 터미널을 나오자 가까이 육교가 보인다. 육교로 올라가서 주변을 둘러본다. 터미널에서 받은 인상의 여운이 남아서인지, 어딘가 우울해 보이는 사거리다.

　　　육교에서 내려와 상점가를 걷는다. 대부분 문을 닫았다. 사진관이 있다. 붉은색 기모노를 입은 여자아이 액자가 걸려 있다. 길 건너에 아케이드 상점가가 보인다. '다가와고토지 은하늘거리'라고 쓰여 있다. 그 위에 버드나무 그림이 그려져 있는 큰 간판에는 '전통과 교류의 거리'라고 적혀 있다. 들어가본다. 입구에 자리한 제과점 안에는 노인 셋이 테이블에 둘러앉아 차를 마시며 웃고 있다. 채소가게를 지나고 복권가게를 지난다. 이곳도 역시 가게의 반쯤은 셔터가 내려져 있다. 상점가를 오가는 사람이 한 명도 없다. 아트갤러리 공방 안에서 한 중년의 여인이 스테인드글라스 유리조각을 붙이는 작업을 하고 있다. 떡가게에서 쑥찹쌀떡을 하나 산다.

　　　아케이드 상점가를 나와 기차소리가 들리는 쪽으로 내려간다. 바로 건널목이 나온다. 건널목을 건넌다. 장어 요릿집을 낀 어귀를 돌아 기차선로를 따라 걷는다. 뒤에서 발걸음소리가 들려 돌아봤더니, 여학생이 나를 지나쳐 옆 골목으로 들어간다. 동네를 거닌다. 조용하다. 고즈넉하진 않고 어딘가 쓸쓸하다. 기분 탓 같다. 절이 나온다. 계단이 많아서 올라가지는 않는다. 올라갈 때는 한 칸 한 칸 쉬엄쉬엄 올라가면 되지만, 내려올 때는 걸음걸이가 바보 같아져

서 헛웃음이 나고 그런다. 무릎이 좋지 않은 한쪽 다리의 근력이 약해서 그렇다. 대신 근처 집의 넓은 앞뜰에 서 있는 큰 녹나무를 오래 바라본다. 집이 지어지기 전부터 있었던 듯하다. 오밀조밀 심어놓은 관목도 구경한다.

마을의 둘레를 선회하는 기분으로 걷는다. 멀리 저수지가 보인다. 길 한쪽 높은 언덕에 야구장 외야 펜스 같은 그물망이 서 있다. 공원 같다. 공원 입구가 나온다. 들어간다. 마을로 내려가는 갈림길 너머에 공동묘지가 있다. 빗물에 젖은 묘비들이 반질반질하다. 공원에는 아무도 없다. 미끄럼틀이 거북이 모양이다. 거북이 머리에 붙어 있는 철 손잡이가 멋지다. 그곳을 잡고 거북이 등에 올라타는 아이들을 떠올려본다. 해본다. 미끄러워서 조심조심 신중하게 거북이 머리를 밟고 등을 지나 쪼그리고 앉아 미끄럼틀을 탄다. 넘어지지 않으려는 마음이 커서, 그렇게 재밌지는 않다. 공원을 나가는 길에, 저 멀리 언덕 너머, 걸어오는 중간중간 눈길을 끌었던 서커스단 천막처럼 생긴 지붕을 한참 본다. 놀이공원인가? 갈수록 궁금증이 커진다. 공원을 나와서 마을을 가로질러 도로를 따라 걷는다. 편의점에서 중년 남자가 나와 횡단보도 신호를 기다린다. 남자를 지나친다. 뭔가 이상해서 조금 거리를 두고 뒤돌아서 훔쳐본다. 중년 남자의 패션 감각이 심상치 않다. 당장에 도쿄 다이칸야마 언덕 카페에서 카푸치노를 한 모금 머금어도 전혀 손색이 없는 세련된 옷차림이다. 파란 줄무늬가 한 줄 들어간 비니와 연한 갈색의 린넨 바지. 횡단보도를 건너는 남자의 뒷모습을 향해 엄지를 세워준다.

　　　길 건너편 병원에서 한 여자가 나온다. 긴 종이를 둥글게 만 다발을 들고 종종걸음으로 걸어간다. 도로를 사이에 두고 한동안 나란히 걷는다. 여자는 약국으로 들어간다. 거리에 사람들이 한꺼번에 여러 명이 다니지 않고, 이렇게 한 명씩 나타나니까 눈길이 갈 수밖에 없다. 버스터미널 앞에서 봤던 육교가 보인다. 터미널로 들어가서 후쿠오카로 돌아가는 버스 시간을 확인한다. 세 대 남았다. 의자에 앉아 멍하니 잠깐 쉰다. L과 K에게 줄 오미야게를 살겸, 아케이드 상점가를 다시 찾는다. 채소가게에서 직접 구워 파는 듯한, 모양이 투박한 쿠키를 산다. 아케이드 상점가를 나와서 반대편 골목으로 들어간다. 장난감 가게가 나온다. 유일하게 문을 연 집이다. 가게 앞에 통나무를 세워두고, 그 위에 곤충 그림이 그려져 있는 장기 말을 놓아두었다. 가장 약해 보이는 애벌레가 맨 앞에 혼자 놓여 있고, 뒷줄 양 끝에 잠자리와 무당벌레가, 한가운데에 장수풍뎅이가 자리 잡고 있다. 무당벌레를 한 칸 앞으로 옮겨본다. 가게로 들어간다. 백발의 노인과 손자로 보이는 살이 통통하게 찐 남자아이가 가게를 지키고 있다. 가게를 둘러보는데, 남자아이가 안 보는 척

하면서, 다 티 나게 나를 쳐다본다. 아이의 시선을 모른 척하려고 해도, 갈수록 노골적으로 감시하는 태도를 드러내서, 나중에는 장난감을 구경하는 일보다, 아이의 눈치를 살피는 일이 더 잦아진다. 유리 진열장 안 기차모형을 들여다보는 척하면서 아이를 본다. 얼른 딴청을 피우는 아이가 귀엽다. 가게를 나온다. 무당벌레 말을 다시 제자리로 옮겨놓으려다가 그냥 둔다.

　　도로를 따라 내려간다. 기차역이 나온다. 역사 입구에 교복을 입은 남학생이 우두커니 서서 만화책을 읽고 있다. 승용차가

와서 창문을 내리고 이름을 부르자 가서 탄다. 고가도로를 건너 기찻길을 넘어간다. 높은 맨션을 지난다. 아파트 단지로 들어갔다가 길이 막혀서, 재활용 집하장 옆 언덕에 사람이 밟아서 생긴 풀길을 따라 올라가 윗길로 넘어간다. 이층 가옥 뒤편이 산으로 막혀 있다. 다시 왔던 길로 되돌아 나온다. 막다른 길인 것을 짐작했으면서도, 늘 이렇게 끝까지 가본 다음 돌아 나온다. 고쳐야 할 습관이다. 도로를 따라 오르막길을 걷다가, 언덕 사이에 난 길로 방향을 꺾는다. 조금 걸어가자, '한국회관'이라고 쓰여 있는 간판이 서 있다. 들꽃이 자라고 있는 넓은 공터 끝에 상아색 낡은 복층건물이 있다. 문 한쪽에 세워놓은 작은 기증비를 읽어본다. 하상원, 이성수, 안병혁, 이신길, 최운림, 미무라 마사자네, 미무라 가즈오, 소동윤. 이상하다. 사람 이름을 읽는데, 실재 인물이라는 느낌이 들지 않고, 소설 속 등장인물의 성격이 묻어나는 이름을 읽는 느낌이다.

가던 길을 다시 간다. 얼마 가지 않아 높은 언덕 위로 올라가는 계단이 나온다. 언덕 꼭대기가 평평한 지형이어서, 너머의 풍경이 어떨지 몹시 궁금증을 불러일으킨다. 마을을 걷다가 멀리서 봤던 서커스단 천막처럼 생긴 방사형 흰 지붕이 있었던 곳도 저 위인 것 같다. 계단이 무협영화에 자주 등장하는 직선으로 곧게 뻗은 계단이다. 한 걸음 한 걸음 발걸음을 뗄 때마다, 이상하게 기분이 착 가라앉는다. 영화 〈와호장룡〉을 누구랑 봤더라, 아무리 떠올려봐도

생각이 나지 않는다. 내려올 때 무릎을 다치지 않게 조심해야겠다. 고개를 숙이고 올라가다가, 이제 거의 다 왔겠지 싶어 고개를 들었는데, 아직 절반밖에 오르지 못했다. 하, 이제 정말 운동을 하지 않으면 큰일 나겠구나. 깊은 탄식을 뱉는다.

계단 꼭대기에 도착한다. 어? 순간 어리둥절하다가, 곧장 짧은 탄성이 터진다. 공원 한가운데 범상치 않은 미끄럼틀이 서 있다. 어떻게 미끄럼틀이 저렇게. 한눈에 봐도 저것은 아이들이 타는 미끄럼틀이 아니다. 천진난만하게 웃음을 흩날리며 탈 만한 수준이 아니다. 아이들이 타기에는 난이도가 지나치게 높다. 어른에게도 마찬가지다. 거의 어트랙션에 가깝다. 공원에서 잘 뛰어놀던 아이들이 괜히 미끄럼틀을 타러 올라갔다가 공포에 휩싸여 새하얗게 질릴 게 분명하다. 멀리서 봤던 흰 지붕의 정체는 체육관인지 관리시설인지 모르겠지만, 이미 미끄럼틀에 온 마음이 뺏겨 관심이 가지 않는다. 미끄럼틀로 다가간다. 미끄럼틀에 가까이 가자마자, 또 한 번 놀란다. 뒤에서는 보이지 않았던 미끄럼틀의 도착지점이 예상을 훌쩍 웃도는 길이로 뻗어 있다. 도대체 무슨 미끄럼틀을 이렇게까지. 철제 계단을 오르는 다리에서 희미하게 힘이 빠지는 느낌이 든다. 헛웃음이 난다. 미끄럼틀 꼭대기에 도착해서 심호흡을 하고, 미끄럼을 타려고 자세를 잡는데, 이게 뭐야? 바닥이 롤러다. 매끄러운 통짜 바닥이 아니라, 롤러를 한 줄 한 줄 이어 붙인, 롤러 그 자체가 바닥이

자, 바닥 전체가 롤러의 연속이다. 비까지 뿌려 윤활유를 발라놓은 것처럼 한없이 미끄럽다. 저절로 마른침이 넘어간다. 어쩌면 사고가 날 수도 있겠다. 그런 예감이 든다. 심장이 두근두근 뛴다. 오랜만에 들어보는 박동소리다. 미끄럼틀을 꼭 쥐고 있는 두 손이 쉽게 떨어지지 않는다. 미끄럼틀을 일본말로 '스베리다이(すべりだい)'라고 하더니, 시시한 말장난이지만, 자칫 잘못 미끄러지면 진짜 엉뚱한 곳으로 갈 것 같기도 하다. 몰라, 에잇! 충동적으로 두 손을 놓았다가, 황급히 다시 꽉 잡는다. 몸을 앞으로 쓱 잡아당기는 중력의 힘이 생생히 전해진다. 허허, 진퇴양난이다. 한동안 먼 곳을 본다. 인생의 무상함에 감정이입을 한다. 자, 가자. 손을 놓는다. 무시무시한 속도로 미끄러진다. 미끄럼틀 세계에서 겪어보지 못한 속도다. 손으로 미끄럼틀을 붙잡아 속도를 줄이고 싶지만, 그러면 왠지 후회할 것만 같아서, 그대로 가속도를 유지한 채, 또 다른 차원으로 진입하는 듯한 착각을 느끼며 쏜살같이 미끄러진다. 미끄럼틀이 끝나는 지점에서 몸이 공중으로 붕 도약한다. 1.5미터쯤 날아가 잔디밭에 엉덩방아를 찧는다. 어안이 벙벙하다. 차츰 미소가 번진다. 앓는 소리를 내며 일어난다. 옷이 온통 젖었다. 미끄럼틀 꼭대기를 올려다본다. 또 타고 싶지는 않다. 단 한 번의 경험은 나중에 과장된 느낌으로 기억하기 쉬우니까. 가능한 한 그렇게 추억하고 싶다.

왔던 길을 그대로 되짚어 터미널로 돌아간다. 후쿠오카

행 발차 시각이 삼십 분 정도 남았다. 터미널 가까이 작은 절에 들어가 장지문을 교체하는 목수의 작업을 구경한다. 전통복장을 갖춰 입고 목재를 세심하게 다루는 모습이 보기 좋다. 날이 저문다.

민들레

어디선가 단포포하고 소리치는 메아리가 들렸어.
단포포는 무슨 뜻일까.

단포포(たんぽぽ)는 민들레.
단포포는 민들레였지만

뜻을 알고 나서도 이전과 다름없는 단포포.
민들레여서 다행인 단포포.

단포포는 꽃일 때 민들레보다 어울리고
민들레는 꽃씨일 때 단포포보다 어울리지.

단포포로 샛노랗게 펴서
민들레로 새하얗게 날리지

단포포를 먹으면 하나도 달지 않은

쌉싸래한 민들레 맛이 나지.

멀리서 소리치는 당신의 말을 들으려고

다가온 나에게 빙긋 웃으며 꺼낸 그 말 단포포.

차임벨

자전거를 빌렸어. 사장 다나카 씨의 자전거야. 자전거가 전부 대여 중
이어서 자기가 타는 자전거라도 괜찮겠냐고 해서 괜찮다고 했어. 타
던 자전거니까 렌탈비에서 오백 엔을 빼줬어. 지도를 펼쳐놓고 추천
루트와 맛있는 라멘집과 저렴한 초밥집을 알려줬어. 어차피 가지 않
겠지만, 어쩌면 갈 수도 있으니까 표시를 하는 모습을 지켜봤어. 자전
거를 건네받고 떠나려 하자 다나카 씨가 말했어. 마감시간보다 늦게
반납해도 상관없으니까 느긋하게 달리라고. 다정다감한 다나카 씨가
손을 흔들어서 나도 손을 흔들었어.

덴진으로 가는 큰길에서 횡단보도를 건너 항만 쪽으로 방향을 잡았
어. 덴진 주변은 고관절이 닳을 정도로 돌아다녔으니까 이제 그만. 대
략 방향만 정해놓고 마음대로 달렸어. 모퉁이가 나타나면 모퉁이 안
쪽 거리를 대충 확인하고 모퉁이를 돌거나 지나쳤어. 대부분은 아무
이유 없이 차임벨을 울렸지만, 종종 한적한 주택가를 지날 때에는 집
안에 있는 사람이 문득 기분이 좋아지거나 쓸쓸해지게끔 부러 차임벨
을 울리기도 했어.

밀감 한 봉지를 샀어. 자전거 앞에 바구니가 달려 있어서 당연히 바구
니에다 봉지를 싣고 다녔어. 놀이터와 공원이 나타날 때마다 한 알씩

까 먹었어. 하마 등에 앉아서 한 알 먹고, 젊은 부부 앞에서 모래장난
치는 아이를 보며 한 알 먹었어. 내가 아이를 쳐다보자 아이를 보고 있
던 젊은 여자가 나를 봤어. 자연스러운 일이야. 한 조각 한 조각 밀감
을 삼키며, 밀감을 까는 내 마음씨는 밀감을 먹는 나의 마음씨와 얼마
만큼 다른지 조금 생각하다 말았어.

아파트 단지를 끼고 흐르는 수로 옆길은 조용했어. 날이 일요일이고
시간이 한낮이고 장소가 수로에 붙은 좁은 길이니만큼 더할 나위 없
이 조용할 만도 했어. 사람을 지나치거나 마주치지 않았어. 멀리 다른
데서 우는 까마귀 울음은 딱 알맞게 고요와 어울렸어. 수로의 물빛은
수로다운 물빛이었어. 아파트 철조망 너머 짙은 그늘 안에서 캐치볼
하는 모습이 보였어. 한 사람은 보였고 한 사람은 천막 창고에 가려 보
이지 않았어. 잠깐 섰다가 갔어. 부러웠어.

좁은 수로가 끝나는 어귀 다리를 건너 골목을 벗어나자 더 큰 수로가
나타났어. 멀리 바다와 닿아 있는 수로였어. 사람들이 낚시를 하고 있
었어. 흰 모자를 쓴 소년이 미늘에 미끼를 끼워 가슴께 높이의 담에 몸
을 기댄 채 추를 적당히 기울여 낚싯대를 강물에 드리우는 모습은 군
더더기 없이 깔끔했어. 멋있었어. 물고기를 잡은 아이가 물고기를 한
손에 쥐고 맛있겠다, 하고 입맛을 다셨어.

건널목이 넓고 주변이 번화해져서 찾아가던 오호리 공원 앞인 줄 알았는데, 오래전에 공사가 중단된 다른 공원 앞이었어. 낡은 차단막 사이로 안을 들여다보니까 온갖 자생초가 무성하게 자라고 있었어. 어딘가 공원으로 들어가는 입구가 나올까 싶어 차단막을 끼고 둘레를 돌았어. 자전거 금지 표시판이 서 있길래 인도에서 차도로 내려가 달리다가 갓길이 비좁아서 다시 인도로 올라가 달리다가 골목으로도 여기저기 이어지고, 아무래도 이 길로 계속 가면 방향감각을 잃어버릴 것만 같아서 결국 왔던 길을 돌아 나왔어.

달리다 보니까 후쿠오카 타워가 보였어. 후쿠오카 타워 앞에서 벼룩시장이 열렸던 모양이야. 이른 오후인데 벌써 파장 분위기야. 다른 한편에서는 오토바이대회가 한창 열리고 있었어. 온갖 바이크가 진열되어 있었고, 바이크 관련 용품을 전시해놓은 천막 부스에도 사람들이 붐볐어. 따뜻한 햇볕 아래 가죽옷을 차려입은 바이커들이 각양각색의 개성을 무덤덤하게 드러내며 어울려 다녔어.

자전거를 세워두고 해변을 걸었어. 아이들은 잠깐씩 물에 빠졌다가 나왔고, 물에 젖은 아이들을 엄마들이 멀리서 지켜보고 있었어. 햇볕을 피하고 땀도 식힐 겸 그늘에 앉아 쉬고 있는데, 해변에서 조금 떨어진 구석진 곳에 중학교 1학년 정도로 보이는 한 여자애가 댄스경연대회에 어울릴 법한 옷차림을 하고서 혼자 서 있었어. 친구를 기다리는 것 같기도 하고 처음부터 혼자인 것 같기도 하고. 아무튼 그래서 속으로 친구들아, 어서 오렴, 홀로 저 구석진 자리에서 저런 화려한 차림으로 얼마나 부끄럽겠니. 어쭙잖은 오지랖을 부리며 다른 곳을 보는 척 슬쩍슬쩍 훔쳐봤어. 시간이 꽤 흘렀는데도 아무도 나타나지 않았어. 아, 혼자로구나. 혼자였어. 원래 혼자였던 거구나. 그렇게 일찍 쓸쓸해질 필요는 없을 것 같은데. 별별 넋두리를 속으로 중얼거리는 중에, 그때 멀리서 여자애와 똑같이 차려입은 두 명의 여자애가 당당하게 걸어오는 모습이 보였어. 그 순간 여자애의 얼굴이 어찌나 환하게 밝아지던지. 셋은 마주 보고 서서 그 또래답게 뭐라 뭐라 빠르게 떠들어대더니 금방 자리를 떠났어. 안도의 한숨이 나왔어.

후쿠오카 타워를 반환점 삼아 큰길을 따라 내려갔어. 방송국을 지나고 도서관을 지나고 박물관을 지나는 동안 유치원 시절 견학 다닐 때 들었던 느낌이 어렴풋이 스치고 지나갔어. 가까이 근사한 주택들이 눈에 띄기에 가봤더니 고급 주택단지였어. 정원수를 담장 대신 꾸민 조경이며, 조각이며, 아기자기한 정원이며, 곳곳의 꽃이며, 산책로며, 페라리며, 포르쉐며, 가로수마저 고급스러워 보이는 수종을 골라 심어놓은 것 같았어.

한 아이가 축구공을 담벼락에 차며 놀고 있었어. 아이를 지나쳐 약간 떨어진 거리에서 자전거를 세워놓고 뒤돌아보니까 아이가 나를 빤히 보고 있었어. 손을 흔들어 인사를 하려다가 혹시나 아이가 놀라거나 화가 나서 집 안의 엄마나 유모나 그런 사람을 불러오면 어쩌나 싶어 관두고, 간단히 고개 인사만 하려는데, 그럴 새도 없이 아이는 발밑의 축구공을 냉큼 주워들고 집 안으로 생 들어가버렸어. 낯선 자와의 만남 대응 매뉴얼 No.1쯤 되려나. 가정교육을 제대로 받은 아이였어.

오호리 공원 입구가 보였어. 공원은 여가를 즐기려는 인파로 북적였어. 마치 놀이공원에 입장한 착각이 들 정도로 사람들로 붐볐어. 호수 위에는 당연히 연인들을 태운 오리배도 떠다녔고, 보트도 잘 떠다녔어. 아이들로 빼곡히 들어찬 놀이터의 풍경은 장관이었어. 감동적이었어. 노느라 정신이 하나도 없는 아이들을 한참 바라봤어. 그렇게 시간 가는 줄 모르고 사람 구경을 실컷 하고 호수 둘레를 한 바퀴 돈 다음 공원을 빠져나왔어.

자전거를 반납하러 돌아가는 길에 짧은 언덕길을 만났어. 자전거를 타고 후쿠오카를 다니면서 만난 유일한 언덕길이 아닐까 싶어. 언덕길을 넘는 일이 왠지 자전거 페달로 쉼표를 완만히 그리는 느낌이었어. 자전거를 반납하고 남은 밀감 두 알을 다나카 씨 손에 쥐여주고 짧게 담소를 나눴어. 오호리 공원에서 마음이 따뜻해졌다고 하니까, 자기 집이 오호리 공원 근처라고 했어. 여름에 불꽃놀이가 볼만하다고 했어.

바
닷
가

마
을

슈
퍼
마
켓

앞

코카콜라 벤치를 만나면

즈시 [逗子]

숙소에 도착한 날 대충 보고 찻잔 접시에 그대로 둔 쪽지를 다시 찬찬히 읽어본다. 집주인 유미코 씨의 필기체는 유려하다. 몇 단어는 못 알아보겠다. 고등학교 졸업 이후로 영어와는 담을 쌓았으니 그럴 만하다. "뭐든 물어볼 게 있으면 따뜻한 레몬차를 마련할 테니 편하게 와서 티타임을 가져요." 음, 그럴 일은 없을 것 같은데. 영어에 능숙한 유미코 씨가 자연스럽게 대화를 주도하면, 나는 어설픈 일본어로 간간이 대답을 하겠지. 이 나라 사람들과 얘기를 나누다 보면 꼭 한 번쯤 듣게 되는 질문. "근데 일본어는 왜 배운 거예요?" 대부분 대충 둘러대지만, 매번 구구절절 설명하기도 귀찮으니까 그냥 간단히 대답한다.

"우스타 교스케를 원서로 읽고 싶어서요."

동공이 살짝 흔들리며 만화 오타쿠로 오해하거나 말거나.

어쨌든 예쁜 이층집 숙소 옆 우아한 주택에 사는 유미코

うすた 京介. 일본의 유명 만화가.

여사와 티타임을 가질 일은 웬만하면 생기지 않을 것 같다. 왜냐하면 나는 비사교적인 사람이니까. 사회부적응자가 될 만한 인성을 갖추었지만, 거의 사회부적응에 성공할 뻔했지만 아쉽게(?) 사회부적응에 실패한 사람이니까.

엊저녁 가까운 상점가에서 장을 보고 돌아오는 길에 유미코 씨 댁 일층 격자창문 너머로 보였던 서재가 생각난다. 노르스름한 백열등 불빛 아래 책들이 책형에 맞춰 반듯하게 꽂혀 있던 책장. 두껍고 얇은 책등의 배열이 어딘가 기분 좋은 리듬감으로 단정하게 정리되어 있던 책장. 다도를 한다는 유미코 씨와 어울리는 찻장 같은 책장. 유미코 씨는 저 책장 앞 책상에 앉아 그 유려한 필체로 게스트에게 보내는 웰컴 쪽지를 쓰는 걸까. 자신의 집을 찾는 게스트의 국적과 나이와 성별에 따라 쪽지의 내용은 조금씩 달라지겠지. 그래도 티타임을 마련한다는 말은 항상 쓰는 고정 멘트가 아닐까 싶은데. 유미코 여사와 차를 마시게 되면 어떤 대화를 나누게 되는지. 설마, 한류 드라마 남자배우를 화제로 삼는 건 아니겠지. 숙소 곳곳에 세련된 소품을 진열해놓은 센스를 고려하면 그쪽 취향은 아닌 것 같은데. 뭐, 모를 일이지. 사회학자 우에노 지즈코 교수마저 한때 본사마에 빠진 적이 있다고 하니까. 한류 드라마 얘기를 들으며 마시는 차 맛은 하아, 얼마나 떫을까.

정오가 넘어가고 있다. 창문으로 들어오는 햇볕의 속내가 너무 뻔해서 밖을 내다보지 않아도 화창한 날씨란 걸 다 알겠다. 계속 날씨가 좋기만 하니까 좀 지루하다. 낙엽을 적시는 빗물 냄새가 그리운 가을이다. 그저께는 눈부신 햇살을 손차양으로 가려가며 찾아간 에노시마에서 나마시라스동을 먹었다. 마치 부화하기 직전의 올챙이를 씹는 듯한 식감과 입에 맞지 않는 비린 맛을 참아가며 간신히 다 삼켰다. 어제는 작년 크리스마스이브에 영화 만드는 L과 M, 글 쓰는 K와 같이 봤던, 〈바닷마을 다이어리〉의 촬영지인 고쿠라쿠지 동네를 돌아다녔다. 언덕에 자리한 고즈넉하고 고풍스러운 동네 풍경이 저녁 어스름과 잘 어울리는 곳이라는 생각이 들었다. 물론 해변에서 바다 위에 동동 떠 있는 구릿빛 피부 서퍼들도 오랫동안 부럽게 바라봤다. 마냥 한가롭게만 보이는 저 서퍼들의 일과는 어쩌면 자기도 모르는 사이 큰 자산이 되어서 먼 훗날 노후의 단조로운 생활을 알차게 보낼 수 있는 지혜를 갖게 될지도 모르겠다는 생각을 했다. 파도를 타며 긴장하고, 물 위에 떠서 풀어지고, 이렇게 긴장과 이완을 반복하다 보면 어쨌든 괜찮은 걸 얻게 되기 마련이니까. 복근이든, 지구력이든, 뭐든.

　　며칠간 바닷가 마을 특유의 여유로운 정취가 잔잔하게 흐르는 가마쿠라 일대를 다녔다. 유명한 대불상이 있는 절로 가는 번화한 거리 근처에는 눈길도 주지 않았는데, 이상하게 관광지 분위

기에 치이는 느낌이다. 이러다 갑자기 피곤해지고, 그러다 결국 우울해지겠지. 갈수록 자기 진단이 신속하게 이루어지는 것 같아 스스로 약간 기특하다는 생각이 든다. 오늘은 요코하마에 가서 다카노 후미코의 그림책을 살 계획이었는데, 취소하고 쉬기로 한다. 바로 이층으로 올라가 침대 위에서 빈둥거리면 그대로 낮잠을 잘 게 뻔하니까 가능하면 다이닝룸에 있어야겠다. 유미코 씨가 준비해놓은 종이접기 상자가 있지만, 전혀 접고 싶지 않다. 내게 종이접기는 지나치게 에너지를 많이 소비하는 놀이다. 차라리 색이 고운 종이에다 낙서를 하는 편이 낫다. 그래, 아무거나 써보자. 다섯 명의 아이들이 흰 가면을 쓰고 각자 꽃과 이파리를 들고 원무를 추는 그림이 있는 종이를 골라, 누군가에게 보낼 편지에 함께 동봉할 엽서를 쓰듯, 며칠 전에 꿨던 꿈을 써보자.

　　　　버스 안. 옆자리에는 중국인 할머니가, 앞자리에는 일본인 중년 남자가 타고 있었어. 앞자리가 기차 좌석처럼 역방향이어서 버스 맨 뒷자리에 앉은 나는 일본인 남자를 내려다볼 수 있었지. 눈이 몇 차례 마주치자 어쩐 일로 내가 먼저 남자에게 말을 걸었어.

　　　　"예전에는 이곳이 전부 포도밭이었는데, 그래 무슨 일로 이런 시골까지 왔습니까?"

　　　　"종마를 구입하러 왔습니다."

　　　　"여기 백구(白駒) 말이 뛰어나다는 평판을 듣긴 했는데,

경마 산업 선진국에서 찾아올 정도로 좋은 겁니까?"

"훌륭합니다. 요즘 우승하는 기수가 타는 경주마는 대부분 백구 혈통입니다."

차창 밖에서 불어오는 목초지 냄새가 향기롭고 좋았어. 먼저 말을 건 사람은 나였지만 이제 그만 얘기하고 싶어서 창밖으로 시선을 돌리려는데, 일본인이 계속 말을 멈추지 않아서 귀찮았어. 옆에 앉아 있는 중국인 할머니가 보자기에서 마호병을 꺼내더니 자주색 그릇에 죽을 따라 내게 건네줬어. 맛을 보니 무척 맛있어서 일본인에게 이 죽 좀 먹어보라고 권하려는데, 죽이 일본어로 뭐더라? 두 글자인데. 무슨 유였는데. 쇼유? 아니. 쯔유? 아니. 마유? 아니. 그건 말기름이고. 온유? 아니! 걔는 샤이니고. 미유? 미음? 아닌데. 아유? 아유! 아니구나. 그건 은어(鮎)지. 공유? 젠장 아니라고! 그렇게 눈을 떴어. 아, 일본인에게 그 기막힌 죽 맛을 보여줬어야 했는데, 아쉽다.

소파에 앉아 한숨 눈을 붙이고 일어났다. 으짜짜짜 기지개를 켜다가 장식장에 놓여 있는 켄다마가 눈에 들어왔다. 이 집에서 지낸 지 나흘이 지났는데 이제야 봤다. 믿기지 않을 정도로 손재주가 없는 편이어서 분명 못 할 게 뻔하지만, 그래도 혹시 지금까지 해본 적 없는 켄다마 놀이에 소질이 있을지도 모르니까 어디 한 번. 실패, 실패, 실패, 실패의 연속이다. 그러면 그렇지. 그래야지 내 손답지. 어찌 한 번도 성공을 못 할까. 지금껏 요령이라든지 능숙해진다는 감각을 단 한 번도 느껴본 적 없는 불쌍한 내 두 손. 잠깐 만지기만 했을 뿐인데 어김없이 고장이 나던 수많은 전자기기들. 장작을 패려고 두어 번 통나무를 내리쳤을 뿐인데 바짝 마른 나무는 쪼개지지 않고 손안에서 쩍 하고 갈라지던 도낏자루. 신문지 한 장을 넘기더라도 침을 두세 번은 묻혀야 하는, 가끔은 정말 저주받은 게 아닌가 싶은 나의 손. 어쩌다 내 손으로 태어나서 이런 자괴감에 빠져야 하는지, 손에게 미안하기만 하다. 어릴 때 엄마가 "너는 손이 얇고 손가락이 길어서 피아노를 잘 치겠다. 피아노 학원 다니자" 했을 때 격렬히 거부하지 말고 그냥 다닐걸. 그랬으면 지금보다 조금은 손재주가 나았을 텐데. 아버지가 형의 기타를 부수지 않고 얌전히 방 한편에 그대로 두었다면 심심할 때마다 기타 줄을 튕기느라 다소 손재주가 늘었을 텐데.

늦은 점심을 먹으려고 외출할 채비를 한다. 상점가 삼거리에 있는 태국요릿집에 갈 생각이다. 지난봄 K와 같이 간사이 지방을 여행했을 때 교토에서 처음 먹어본 팟타이 맛이 뇌리에 인상적으로 남아서, 매일 음식점 앞을 지날 때마다 외관을 유심히 살펴보며 한 번쯤 찾을 계획이었다. 가게 이름 Aroi를 검색해봤더니 태국말로 '맛있다'는 뜻이란다. 숙소 현관문을 열고 나오는데 몇 발짝 앞에 수건이 떨어져 있다. 아, 어젯밤 일을 까맣게 잊고 있었네. 어제 침실에 대형 거미가 출몰했었다. 목욕을 끝내고 무알코올 맥주를 마시며 침대에 눕는데 타란툴라급 거미가 침대 머리맡 벽에 붙어 있었다. 처음에는 너무나 믿기지 않는 거대한 사이즈여서 장난감인가 가만히 확인해보려는데, 의심할 새도 없이 몽당연필만 한 굵고 무시무시한 다리가 느리게 움직였다. 눈앞이 아뜩해졌다. 도대체 열대우림지방에나 서식할 법한 거미가 어째서 저기에 있는 건데. 이마가 달아오르고 등줄기에 식은땀이 흐르고 심장 박동이 빨라졌다. 어떡하지. 어떡하지. 어떡하지. 내가 상대할 만한 체급이 아닌데. 유미코 여사한테 부탁할까. 아직 불이 켜져 있으니까 주무시지 않는 것 같은데. 아, 첫날 오자마자 티타임을 가질 걸 그랬나. 움직인다. 움직인다. 아아, 정말 어떡하지. 어떡하지. 설마 독은 없겠지. 어릴 때 TV에서 본, 거미 떼가 온 마을을 뒤덮어 사람들이 죽어나가던 공포영화가 생각났다. 천장으로 도망치려고 통로 문을 열자 거미 떼가 얼굴로 와르르. 동생이랑 이불을 뒤집어쓰고 비명을 지르며 봤었지. 당장에라도 점프해 얼굴을 덮칠 것만 같은 대왕거미를 결국 바들바들 떨면서 큰 샤워타월로 제발, 제발, 제발, 제발 빌며 감싸 돌돌 말아 현관으로 달려가 수건 채 밖으로 던져버렸지. 설마 아직 수건 안에 그대로 있는 건 아니겠지. 두근두근 조심스레 수건을 들춰보니 다행히 사라지고 없다.

팟타이를 먹다 보니 자연스럽게 K가 생각났다. K의 아내이자 나의 친구인 L도 동시에 생각났다. 지난봄 간사이 여행을 계획한 사람은 L이었다. 하지만 여행을 보름 정도 앞두고 L은 임신 사실을 알게 되었고, 첫 번째 아기고 노산이고 몸도 약하니까 취소하는 게 당연했다. 처음에는 K도 가지 않으려고 했지만, "멍청아, 너는 왜 안 가는데. 갔다 와"라고 한소리 듣고 웬만하면 L의 말을 고분고분 따라야 하는 입장이어서 어쩔 수 없이 갈 수밖에 없었다. 여행 중 "배 속에 있는 아기가 자라면 보여주게 둘이 같이 사진 좀 찍어라"라는 L의 메시지가 날아와서, 나와 K는 알고 지낸 지 스무 해 가깝게 된 사이지만 둘이 찍은 사진이 하나도 없을 정도로 사진 찍기를 싫어하는 사람인데, 별수 없이 이번에 처음으로 교토 숙소 앞 계단에 나란히 앉아 필름카메라로 셀프타이머에 맞춰 어색하게 포트레이트를 찍어야만 했다. 짬짬이 골목이나 음식 사진을 찍어 온종일 아랫배에 손을 얹고 방에 누워 있을 L에게 전송해 싱겁게 놀리는 것으로, L과 같이 오지 못한 빈자리의 허전함을 달래며 조용하고 심심하게 여행 기간을 보냈다. 그리고 한국으로 돌아와 사진관에 맡긴 필름을 찾아온 날, 저녁 산책을 하는 중에 K에게서 전화가 왔고, L의 유산 소식을 전했다. 익숙하지 않은 위로의 말을 하고, 평소보다 긴 시간을 걷고 집으로 돌아와 책상에 멍하니 앉았다가, 교토 어느 신사에서 구입한 무사 출산 기원을 담은 오마모리 부적을 선물한 게 혹시 무당의 딸로 태어난 L에게 부정이 되어서 슬픈 일이 생긴 건 아닐까, 괜히 쓸데없는 짓을 한 걸 자책하며 스캔한 사진을 대충 넘겨보는데, 교토 숙소 앞 포트레이트 사진 속 K의 얼굴이 바보같이 하품을 하는 중이어서, 순식간에 눈시울이 붉어졌고, 한동안 이마에 손을 짚은 채 울음을 삼켜야 했다. 이런 슬픈 생각이 스쳐가는 상태에서 먹는 팟타이가 아무 맛이 없을 만도 한데, 착착 입에 감기는 감칠맛을 부정할 수는 없어서, 여기 맛집이네, 같은 혼잣말이 나도 모르게 나왔다.

소화도 시킬 겸 좀 걷자. 나는 날마다 만 보쯤 걸어야 하는 루틴(routine)을 가지고 있다. 한 시간 반 정도 걸으면 만 보가량 된다. 오래전부터 산책을 즐겼던 터라 의식하지 않고 걸을 때는 아무렇지 않았다. 그런데 어느 날 루틴으로 인식하기 시작한 다음부터는 조금만 오래 걸어도 쉽게 힘들어한다. 걷는 도중 간간이 긴 숨을 내쉬며 호흡을 가다듬는 없던 버릇도 생겼다. 갑자기 이렇게 걷는 일이 부자연스러워진 이유가 뭘까. 오랜 세월 산책에 집착한 나머지, 그만 부작용이 생겨버린 것일까. 특별한 기벽으로 발전시키고 싶은 욕구가 있는 걸까. 다시 루틴 이전의 산책으로 돌아가려면 어떻게 해야 하는 걸까. 도대체 이 루틴의 목적은 뭘까. 불안을 해소하기 위한 의식이 루틴일 텐데, 어째서 나는 거꾸로 루틴 때문에 불안해야 하는 걸까. 차라리 산책에 심각하게 중독된 상태여서 며칠 산책을 하지 않으면 금단현상이 일어나 괴로운 게 더 마음이 편할 것

같다. 그나마 여행지에서의 산책은 루틴으로 생각하지 않아서 다행이긴 하다. 아직 낯선 환경에서는 루틴이 작동하지 않는 모양이다. 어딘가 어중간하고 얍삽한 루틴 같다. 가로등 스피커에서 스윙 음악이 흘러나온다. 듣기 좋다. 그러고 보니 경관이 유난스럽지 않게 자유분방한 멋이 있다. 재즈와 궁합이 맞는 거리다.

상점가에서 벗어나 바다 쪽으로 가까워질수록 부촌 분위기가 짙어진다. 다케시타 씨 댁 검정 우편함에 방재훈련 친목회를 알리는 종이가 붙어 있다. '참가표를 우편함에 넣어주세요.' 옆에는 빨간 화살표도 그려져 있다. 만약 친목회 담당자가 어린 자식이나 손주의 손을 빌려 누가 봐도 아이가 쓴 게 분명한 필체로 저 안내문을 작성해 붙여놨다면 퍽 흐뭇했을 것 같다. '방재훈련' 글씨 양옆에 그려 넣은 빨간색 물결표시를 물끄러미 본다. 그날이 생각난다. 훈데르트밧서 전시회를 보러 미술관을 가는 길이었다. 대로변을 걷는 중에 일본에 지진이 났다는 문자를 받았다. 대수롭지 않게 생각하고, 미술관에 입장해 작품을 감상했다. 제목은 잊었지만 선이 간결하고 작은 호수가 그려진 그림 앞에 마지막으로 한동안 서 있다가 전시실에서 나왔다. 기운이 빠져서 미술관 구석 의자에 앉아 쉬고 있는데 전시회 티켓을 선물해준 누이에게서 문자가 왔다. "큰일 났

Hundertwasser. 본명 프리드리히 슈토바시. 오스트리아의 화가이자 건축가.

어. 일본에 쓰나미가 덮쳤어." 왔던 길을 되짚어 걷는 도중, 큰 유리
창 안 TV에서 시커먼 파도가 마을을 휩쓸고 있었다. 그날의 기억을
되짚으며 가방 지퍼에 달린 노란 리본을 가만히 만져봤다. 여전히
분노보다 슬픔이 더 컸다.

　　　　　담벼락에 서프보드를 기대어놓은 집이 간간이 보인다.
이번에는 보드 머리 부분에 해적 해골이 프린팅되어 있다. 근사하게
낡은 보드다. 오랜 시간 햇빛에 바래고 파도와 모래에 쓸리다 보면
어지간해선 뭐든 근사해지기 마련이다. 조약돌이 그렇고, 조약돌이
그렇고, 조약돌이 그렇다. 막상 생각하려니까 잘 안 떠오르네. 쓸데
없이 곰곰이 생각해볼 거리가 생겨서 잘됐다. 정말 누군가 간곡히
부탁해서 버킷리스트라는 것을 어쩔 수 없이 꼭 작성해야만 한다면,
아마 서핑도 포함될 것 같다. 재미 삼아 몇 번 경험해보고 마는 게
아니라 제대로 회전 기술을 익힐 때까지 진지하게 배우고 싶다. 눈
부신 햇살 아래서, 시원한 물속에서, 따뜻한 모래사장 위에서, 패닉
이 오지 않고 편안하게 활동을 할 수 있다는 건, 하마터면 잘못된 길
로 들어설 뻔한 몸과 마음의 질병을 드디어 극복했다는 뜻일 테니
까. 그게께 에노시마에서 돌아오는 길에 만난 서퍼하우스. 입구 근
처에서 마당을 뻘쭘하게 구경했었지. 한눈에 봐도 노곤해 보이는 여
성 서퍼가 비치 의자에 앉아 담배연기를 달게 내뿜던 모습. 수레에
싣고 온 서프보드를 수돗물로 깔끔하게 씻어내던 젊은 서퍼의 까맣

게 탄 손. 이층 테라스에서 조용히 맥주를 마시던 사람들. 샤워를 끝내고 저무는 햇살을 맞는 사람들의 나른한 피로감이 부러웠다. 질투가 났다. 슬금슬금 억울하고 서글퍼졌다.

　　동네에 유난히 犬 자 스티커가 붙어 있는 우편함이 많다. 예전부터 궁금했었는데 잊고 있었다. 저 스티커는 반려견을 키우고 있다는 뜻인 걸까. 근데 왜 어떤 집은 두 장이 붙어 있고, 또 다른 집은 네 장이 붙어 있는 걸까. 설마 개가 두 마리여서 두 장, 네 마리여서 네 장이란 건가. 그럼 지금 이 집은 여섯 장이 붙어 있으니까 여섯 마리? 에이, 그렇게 단순한 뜻은 아닌 것 같은데. 개 조심은 아닐 테고. 스티커의 개수가 많을수록 반려견 성깔이 사납다는 뜻? 잠깐,

그러고 보니까 지금까지 猫 자 스티커가 붙은 집은 한 번도 못 본 것 같은데. 고양이를 상서로운 동물로 여기는 나라니까 반려묘 대접을 소홀히 할 리가 없을 텐데 이상하네. 아직 정부에서 정한 공식적인 고양이 마크가 없다면 최소한 애묘인들 스스로 헬로키티나 가필드 스티커 한두 장 붙여놓을 만도 한데 아쉽군. 반려동물과 함께 사는 집들이 저마다 문조 스티커, 고슴도치 스티커, 페럿 스티커, 이구아나 스티커, 키싱구라미 스티커 등등을 우편함에 붙여놓는 문화가 정착된다면 훌륭한 동물보호운동이 되지 않을까 싶기도 한데. 적어도 귀엽긴 하니까 손해 볼 일은 없잖아.

　　무심결에 노래를 흥얼거린다. 이랑의 〈웃어, 유머에〉라는 곡이다. 요즘 산책을 하면서 자주 흥얼거리는 노래다. 가사가 마음에 든다. '하하하 하하 하 하하 하하하하 하히히 히히 히 히히 히히 히히 히허허 허허 허 허허 허허허허 허헤헤 헤헤 헤 헤헤 헤헤헤헤 웃어어어어어어어어 유머에에에에' 걸음의 리듬을 방해하지 않는, 거의 무의미에 가까운 가사여서 좋다. 나는 갑자기 없던 비염이 생기기 전까진 습관적으로 매일 노래를 불렀었다. 변기에 앉아서. 방구석에 기대서. 컴퓨터 앞에서. 당연히 인적이 드문 거리를 지날 때도 나지막이 불렀다. 내 노래 실력은 탁월했다. 가창력이 좋거나 호소력 짙은 음색을 가진 사람은 안다. 늘 인후와 비강, 림프샘 부근이 잉걸불처럼 뜨듯하다는 것을. 그 열기를 식히기 위해 노래를 부를

수밖에 없다는 것을. 내게 노래는 성욕에 버금가는 욕구였고, 유일한 자기애였다. 그런데 건강이 나빠진 이후로 거짓말처럼 목소리를 지피던 불씨가 꺼져버렸다. 나는 희한하게 칫솔질을 하고 나면 한결 음색이 뚜렷해지곤 했는데, 이젠 아무리 칫솔질을 해도 잇몸만 상할 뿐이다. 당황했고, 속상했다. 다행히 어릴 적 꿈은 오래전에 접은 상태라 슬프지는 않았다. 초등학교 6학년 때 담임이 "너는 무얼 그렇게 자주 흥얼거리냐. 그러지 말고 앞으로 나와서 노래 한 곡 불러봐라" 했을 때 부끄러움을 이겨내고 한 곡 불렀다면, 내 목소리에 감탄한 선생님의 칭찬과 반 친구들의 인정에 나는 기고만장해졌을 테고, 외골수가 되어 타고난 재능을 갈고닦아, 문학이니 영화니 엉뚱한 데일절 기웃거리지 않고, 밴드 생활을 하다 결국 서서히 망했겠지. 현재 나의 발성 상태는 노래와 인연을 끊으니까 아주 끝장을 보려는지, 그야말로 음치의 영역으로 급전직하해버렸고, 평상시 말을 할 때도 갈수록 발음이 어눌해지더니, 급기야 지금은 발화의 데시벨마저 현저히 낮아져서 힘을 주지 않고 말을 하면 상대방이 잘 알아듣지 못하는 지경까지 와 있다. 노래를 잃고 말수가 없어지고 침묵으로 향하는 중인가 보다. 어차피 눌변이었으니까 괜찮다.

모퉁이를 돌자 한눈에 봐도 기분이 산뜻해지는 슈퍼마켓이 나타났다. 상아색 나무 패널 이층집에 입구는 하얀 타일을 둘렀다. 큰 유리창에는 갈매기 시트가 실감 나는 대형으로 날아다닌다. 한 마리 한 마리 위치와 날개 각도를 심사숙고해서 붙인 게 분명하다. 돋음체 TAKARAYA 간판이 시원시원하다. 믿음직스러운 A가 네 개나 있어서 더 신뢰가 간다. 대충 외관을 둘러보고 그대로 지나치다가, 다시 뒤돌아서 건물 끄트머리에 놓여 있는 빨간색 벤치를 물끄러미 봤다. 햇빛에 바래고 페인트가 벗겨진 코카콜라 벤치다. 그래, 이대로 지나치기에는 아까운 슈퍼 앞이다. 저 코카콜라 벤치에 가만히 앉았다 간 시간이 나중에 괜찮은 기억으로 남을 가능성이 크다. 바로 옆에 시트 갈매기도 날아다니겠다. 이왕이면 군것질을 하며 알찬 시간을 갖도록 하자. 과자 매대에서 초코죽순을 집었다가 도로 갖다 놓고, 슈퍼 앞이 약간 아열대 분위기도 나니까 상쾌하고 깔끔한 파인애플 맛 가리가리군으로 최종 선택. 낡은 코카콜라 벤치에 앉아 하드를 먹는다. 역시 좋다. 최근에 한 결정 중에 가장 잘한 결정 같다. 슈퍼 맞은편 주택 담장 앞에는 집주인이 수석인 양 가져다둔 건지, 바위가 덩그러니 좁은 인도를 막고 있다. 우리 옛 조상들이 느티나무 아래서 힘겨루기하다 허리 다치기 적당한 크기다. 오래

볼수록 빠져드는 오묘한 오브제 같은 돌이다. 좋다. 바람도 좋고 그늘도 좋다. 코카콜라 벤치에 앉아 있으니까 다 좋다.

　　　　연한 미색 빌라 건물 사잇길 너머로 해안도로가 보인다. 바닷가에 도착하기 직전의 마음은 늘 이상하다. 밑도 끝도 없이 설렌다. 마침 비스듬한 역광이어서 더 그렇다. 희로애락애오욕(喜怒哀樂愛惡欲)과 상관없이 무조건반사처럼 무작정 설레고 본다. 어떤 감정 상태로 바닷가를 찾든 눈치 없이 설레는 기분이 꼭 끼어든다. 바다를 만나는 순간 일시적으로 증폭되는 자기감정에 치이지 않게끔, 몸속 어딘가에서 설렘호르몬이 분비되어 감정의 완충지대를 만드는 걸까. 나는 운 좋게 바다를 처음 본 날을 또렷이 기억한다. 아버지 회사 동료들과 함께 남해안으로 휴가를 갔었다. 민박집에 짐을 풀자마자 달리기 시작했고, 사방에서 들려오는 파도소리에 심장이 쿵쾅쿵쾅 뛰었다. 발이 푹푹 빠지는 모래사장이 익숙지 않아서 계속 넘어졌다. 마음이 급해서 울상을 지었다. 같은 아파트에 사는 나보다 두 살 많은 동네 형이 나를 그대로 내버려두고 부서지는 파도 속으로 뛰어들고 있었다. 그 순간, 철썩 파도가 치는 동시에 동네 형의 수영복이 홀랑 발목까지 벗겨졌다. 짙푸른 바다를 배경으로 7월의 뜨거운 햇볕에 새하얀 엉덩이가 반짝였다. 잊히지 않는 강렬한 이미지가 아닐 수 없었다. 광택 마크 한두 개쯤 그려 넣어도 어색하지 않는 엉덩이였다.

한적한 해변을 걷는다. 파도가 잔잔하다. 서핑을 즐기는 사람은 보이지 않고, 패들보드를 탄 두 남녀가 노를 저으며 해안에서 멀어지고 있다. 신발이 빠지는 모래사장이 아니어서 걷기 수월하다. 백사장 해변은 금세 기운이 빠져버려 도중에 퍼질러 앉거나 우두커니 먼 바다를 보다가 떠나버리는데, 이렇게 땅이 단단한 해변은 오래 걸을 수 있어서 좋다. 오늘은 해변 끝까지 가야지. 앞에서 노인이 뒷짐을 지고 걸어간다. 면가방을 옆으로 가로질러 메고, 고깔 부분이 봉긋하게 솟아난 털모자를 썼다. 삼각형과 네모 줄무늬가 들어간 남색 양말을 맵시 있게 신은 센스가 돋보인다. 일본은 참 멋쟁이 노인이 많단 말이야. 버블 시대의 영향인가.

바다를 바라보는 일은 예전이나 지금이나 그렇게 지겨울 수가 없다. 오래 머물 곳이 못 된다. 그저께 밤에 어느 외진 해변에 갔었다. 칠흑같이 어두웠고, 파도소리가 유난히 크게 들렸다. 널따란 백사장이 빠짐없이 캄캄하니까 점점 겁이 났다. 생경한 공포였다. 어딘가 부딪칠 것만 같았다. 해안도로를 달리는 자동차 전조등 불빛이 지나갈 때마다 어둠 속에서 뭔가 나타날 것만 같았다. 공포가 나를 부추겼다. 신발을 벗고 눈을 감고 파도소리가 들리는 쪽으로 걸어갔다. 축축한 바닥이 발에 닿아 눈을 뜨려는 찰나, 파도가 발을 적시며 지나갔다. 소름이 돋았고, 무서웠다. 발목을 잡고 당기는 것만 같았다. 보이지 않는 수평선을 바라볼수록 공포가 더 커져만

갔다. 눈을 감았다. 차츰 파도의 감각이 부드럽게 변하더니, 서늘한 손으로 발등을 토닥여주는 것 같았다. 그렇다고 공포가 사라진 건 아니었고, 견딜 만했다. 갑자기 스킵(skip) 뛰기가 하고 싶어져서, 하도 오랜만이라 몇 번 연습한 다음, 자 시작! 하고 열심히 팔을 흔들며 뛰었다. 움직이니까 더 무서웠고, 멍청하게 실실 웃음이 났다. 탄력을 받아 휴대폰으로 음악을 틀어놓고 춤을 췄다. 노래는 부르지 않았다. 음치가 돼버린 내 목소리를 들으면 우울해질 것 같아서 참았다. 그렇게 한동안 아무도 없는 캄캄한 해변에서 선득선득 무서움을 느끼며 놀았고, 신발을 찾지 못해서 잠깐 헤맸고, 알 수 없는 뿌듯한 기분에 젖어 밤의 해변을 떠났다.

　　　　아이가 파도 앞에서 싱글벙글 웃고 있다. 유모차에 앉아 있는 엄마와 파도를 번갈아 보며 해맑게 웃는다. 아이가 바다에 들어가려고 폼을 잡으면 엄마는 주의를 준다. 그래도 저벅저벅 들어가 버리면 그제야 황급히 달려가 아이를 건진다. 누가 봐도 행복한 시간이다. 해변 끝에 도착하자 바다와 합류하는 수로가 보인다. 수로 옆길을 따라 돌아가기로 한다. 수로를 거슬러 얼마 가지 않아 다리가 나온다. 아무리 방향치라지만 저 다리를 건너면 숙소와 반대 방향으로 가게 되는 것쯤은 안다. 그래도 혹시 모르니까 구글 지도 확인. 몸을 돌려가며 화살표에 맞춰보니, 맞다. 괜히 나를 믿지 않은 내가 섭섭하다. 주택 골목 끝자락에 유난히 창문이 많은 건물이 눈

길을 끈다. 키 큰 소나무 사이로 간판이 눈에 들어온다. CINEMA AMIGO. 박물관인가? 칠판으로 만든 안내 게시판에 영화 리플릿이 붙어 있다. 예술 영화 전용관인가 보다. 극장으로 들어가는 입구가 아름답다. 돌계단과 그 위를 드리운 나뭇가지, 나뭇가지에 걸어놓은 알전구. 따뜻한 기품이 느껴진다. 어떤 영화를 상영하나 살펴봤다. 〈성스러운 호흡〉, 〈한 줌의 소금〉, 〈라호르의 노래〉, 〈신성한 일족 24명의 아가씨들〉, 〈라스트 탱고〉, 〈간빠이!〉, 〈재니스: 리틀 걸 블루〉. 이런 극장이라면 무슨 영화든 다 재밌을 것 같다. 극장 안이 어떻게 생겼는지 너무 궁금해서 문을 살짝 열어봤다. 바로 스크린이 보여서 깜짝 놀라 얼른 문을 닫았다. 그 몇 초 사이에 본 실내는, 스크린에 미야자키 하야오풍의 색감이 풍부한 만화가 상영 중이었고, 나무탁자와 낮은 소파 몇 개가 놓인 영락없이 조촐한 카페 분위기였다. 다음 시간에 상영하는 영화가 뭔지 스케줄표를 확인하는데, 극장 입구 앞 도로에 택시가 와서 선다. 빨간 코트를 입은 흰머리가 성성한 노부인이 급하게 내리더니 서둘러 극장 안으로 뛰어들어갔다. 평일 오후 세 시였고, 아름다운 장면이었다. 감동적이어서 가슴이 벅차올랐다.

편지

저녁 빛이 뚝뚝 떨어집니다.
흰 종이는 무슨 죄를 저질러서 번지는 윤곽을 견디고 있을까요.

찻물은 저 혼자 잘도 우러납니다.

밖을 바깥으로 바꿔 내다봅니다.
밖도 그렇지만 바깥을 바라보는 나의 모습도 실감이 안 나고

멀리서 뚜벅뚜벅 걸어와 한 줄 쓰고
나흘쯤 꾸벅꾸벅 졸다가 한 줄 긋고

젖은 문을 똑똑 두드립니다.
또 흰 종이는 어쩌려고 그걸 그대로 받아 적을까요.

아무래도 봄이어서

들릴 듯 말 듯 무서운 것이 한두 가지가 아니어서

저녁 빛이 아프도록
남실바람에 목을 뺀 채

저 목련을 받아 저만치 내버립니다.

연주회

비가 내립니다.

악보를 펴놓고 떠납니다.

지나다닐 때마다 얼굴이 비칩니다.

암송합니다.

잎을 닦으면 바람이 엉키고

꿈은 언제나 꾸었던 형식이어서

놓쳐버린 건반과 무관하게

허공에 비껴 부러진 손가락은

안팎을 가리킵니다.

연주합니다.

거울이게끔 조용합니다.

빗
물
에
　
젖
은
　
튤
립
과

눈높이를 맞추며

교토 [京都]

날이 우중충하다. 좋아하는 날씨다. 빗방울이 떨어진다. 비라고 하기엔 아직은 모자란, 간신히 한 방울씩 쥐어짜는 정도. 비가 쏟아진다면, 가까운 찻집에서 비가 지나가길 기다릴까. 아니면 우산을 사서 몸이 서늘해질 때까지 빗속을 다니다가 오리고기를 얹은 따뜻한 메밀국수를 사먹을까. 생각을 해본다. 우선은 우산을 사야 할지 말지, 다시 차창 밖 하늘을 확인한다. 작년 도쿄 우에노 역 잡화점에서 처음 우산을 산 일이 생각난다. 그때 우산을 사면서 이전에 돈을 지불하고 우산을 구입한 일이 한 번도 없었다는 사실이 믿기지 않아서 한참을 곰곰이 따져봤지만, 아무리 생각해봐도 전혀 그런 기억이 없어서, 어떻게 지금까지 단 한 번도 우산을 사본 적이 없었던 것인지, 어떻게 그럴 수가 있었던 것인지 신기하면서도, 뭔가 인생을 잘못 산 죄책감 비슷한 기분이 들어 우에노 공원 입구 개찰구 앞에서 한동안 우산을 펼치지 않은 채 쓸쓸해했었지.

버스 안 승객들이 모두 하차하는 분위기다. 숙소 앞 정류장에서 몇 정거장 오지 않았는데 벌써 종점인가 보다. 버스 기사에게 패스권을 보여주자 기사가 손으로 엑스 표시를 한다. 이 패스는 사용할 수 없다는 뜻이겠지. 버스가 운행하는 도중이었다면 당황해서 동전을 찾느라 우왕좌왕했겠지만, 다행히 종점이어서 차분히 기사에게 요금을 물어본 다음 동전 지갑에서 동전을 헤아려 요금통에 넣고 내렸다. 정류장 한쪽에 서서 패스권에 적혀 있는 안내 글을 자세히 읽어봤다. 시영 버스인 교토 버스만 사용할 수 있는 패스권인 모양이다. 방금 내린 버스는 게이한 패스를 이용해야 했나 보다. 빗방울이 손등에 떨어진다. 가까운 야마시나 역 쪽으로 걸어간다. 건널목 차단기가 내려가 있다. 기다리는 동안 건너편 사람들 중 아무도 손에 우산을 든 사람이 없어서 당장은 우산을 사지 않기로 한다. 다들 일기예보를 알고 나왔겠지.

야마시나 역 앞이 마음에 든다. 큰 나무를 둘러싼 둥근 벤치도 마음에 들고, 그 뒤편 흡연 부스도 마음에 든다. 전철표 판매기가 서 있는 위치도 마음에 들고, 지하철로 갈아타기 위해 내려가는 계단도 마음에 든다. 물론 건널목도 마음에 든다. 입체감과 나른한 생활감이 동시에 전해지는 공간이다. 날씨마저 흐려서 더할 나위 없이 마음에 쏙 드는 역전이다. 어디를 갈지 노선표를 보는 시늉만 하다가, 야마시나 역이 이렇게 마음에 드는데 굳이 다른 곳을 찾을 필요가 있나 싶어, 그렇다면 오늘은 야마시나 동네를 돌아다니는 걸로 결정. 하늘을 다시 확인한다. 호젓한 동네를 다니다가 갑자기 비가 쏟아지면 낭패니까 우산 구입 여부를 다시 고민해본다. 사지 않기로 한다. 들고 다니기 귀찮다. 어느 방향으로 갈지 주변을 둘러보다가, 역 뒤편으로 연결되는 보행자 터널이 보여서, 터널이 있으면 당연히 터널을 통과해야지 하는 기분으로 걸음을 옮긴다.

　　보행자 터널을 통과해서 대여섯 걸음쯤 걸었을까, 장난처럼 비가 떨어지기 시작한다. 보슬비다. 내 이럴 줄 알았지. 다시 왔던 길을 되짚어 편의점에서 우산을 산다. 우산을 펼치다가 문득 일본의 개그맨 미무라 마사카즈가 생각난다. 평소에 그가 출연하는 〈모야모야사마즈2〉라는 산보하는 프로그램을 즐겨 보는데, 미무라 씨는 비 오는 날 우산을 쓸 때면 항상 손잡이 꼬리 끄트머리 부분을 잡곤 해서, 볼 때마다 우산 손잡이를 저렇게 잡으면 불편하지 않나 의아해하곤 했었는데, 몰랐던 사이 영 신경이 쓰였던 모양이다. 그래도 그렇지, 우산을 펼치려는 순간에 맞춰 우산에 관해 잠복해 있던 의식이 떠오르는 건 또 뭐냐. 참 단순하기도 하지.

　　완만하게 경사진 언덕길을 걷는다. 그윽한 정취의 고택이 나타나면 까치발을 들어 정원을 구경하고, 제법 사는 저택을 지날 때에는 미술품 감상하듯 팔짱을 끼고 대문을 본다. 좋은 자재로 실력이 뛰어난 장인이 만들었을 테니 문짝을 뜯어 따로 세워놓으면 작품이나 다름없겠지. 고즈넉한 동네에 운치 있게 비까지 부슬부슬 내리니까 나도 모르게 고상해지는 마음이 하나도 어색하지가 않다. 날씨마저 쌀쌀하겠다. 조금 새초롬해지는 기분을 내버려둔 채 괜히

창호의 문양을 유심히 보거나, 반드르르 윤이 나는 문패도 만져본다. 어느 소바집으로 들어가는 길목에 TV에 방영된 적 있는 화면 사진이 걸려 있기에 속으로 촌스럽게 뭐 저런 걸, 못마땅하게 쳐다보다가, 교토는 라멘이나 우동보단 소바가 유명하다지, 출출해지면 들를까, 하고 태연하게 마음을 뒤집기도 한다. 그렇게 오락가락 내리는 빗줄기에 보조를 맞춰가며 야마시나 동네를 돌아다닌다.

비사문당이라는 절로 올라가는 계단을 오른다. 하나도 가뿐하지 않으면서 한 걸음씩 오를 때마다 입으로 착착착 효과음을 섞는다. 계단 옆에 비사문천왕이라고 쓰여 있는 붉은 깃발이 쭈르르 꽂혀 있다. 가파른 계단을 오르느라 숨이 차면서도, 산문으로 들어가는 길이라면 단정해야지 요란하게 뭐 하러 저런 걸 꽂아놨는지, 하고 군소리를 빼먹지 않는다. 절 입구에 서 있는 인왕상이 눈알을 부릅뜨고 당장에라도 쥐어 팰 듯 주먹을 불끈 쥐고 있지만, 어쩐지 너무 뻔하달까. 전혀 위압감이 전해지지 않는다. 경내에 들어서자마자 어슬렁거리지 않고 바로 본당으로 향한다. 안에서 불경 외는 소리가 들린다. 빗줄기가 굵었다면 빗소리와 어울려 더 듣기 좋았을 것 같다. 신사에만 있는 줄 알았는데 절에서도 오미쿠지를 뽑나 보다. 번호대로 여러 칸으로 나누어져 있는 상자가 귀엽다. 상자 안에 오미쿠지 대신 제각각 다른 물건을 넣어놓고 운세를 점쳐도 재밌을 것 같은데. 단추나 알약이나 지우개 같은 뭐 그런. 경내를 한 바퀴 빙 둘러보고 수양벚나무 앞에 잠깐 섰다가 절을 나온다.

발길 닿는 대로 걷는다. 검은색 정장 차림의 남자 둘과 여자 한 명이 앞서 걸어가고 있다. 공무원 같다. 적당히 거리를 두고 따라가보기로 한다. 비는 그쳤다. 다 내린 것 같다. 실개울을 건너는 다리 한쪽에 셋이 나란히 서서 부서진 연석과 아래로 내려가는 흙길을 가리키며 이런저런 얘기를 나눈다. 정말 공무원이었구나. 그들이 수첩에 메모해가며 얘기를 나누는 동안, 나는 개울물을 보며 물이 깨끗하네, 혼잣말하고, 개울가 식물에다 관심을 옮겨 미나리아재빗과일까? 생각을 하고, 흐린 하늘을 덮은 키 큰 나무의 이름이 느릅나무였으면 좋겠다, 하고 느릅나무가 어떻게 생겼는지도 모르면서 멋대로 갖다 붙여본다. 얘기를 마친 공무원 셋이 자리를 옮긴다. 마저 따라가본다. 얼마 가지 않아 그들은 산기슭에 있는 학교로 들어가고, 나는 교문 바로 앞에 흐르는 수량이 풍부하고 제법 수심이 깊은 은은한 초록빛 수로를 내려다본다. 이런 극단적인 배산임수(背山臨水) 지형에 자리 잡은 학교가 나의 모교였다면 해마다 학생들이 물에 빠져 죽을 뻔하거나 익사하는 사고가 정기적으로 발생하겠지 싶었다.

수로 옆 산책로 입구에 '위험. 여성 혼자 걷지 맙시다'라고 적힌 경고판이 붙어 있다. 나 홀로 기분 좋게 산책을 즐기던 여성이 저 경고문을 보면 확 기분을 잡칠 것 같다. 그럴 리야 없겠지만

만약 끔찍한 범죄가 빈번히 발생하는 장소라면, '치한 주의' 정도의 문구만으로 충분하다. 수로 옆 벚꽃이 만개한 날에 꽃놀이를 나온 여성이 '여성은 혼자 걷지 맙시다' 따위의 문구를 만나면 이 좋은 봄날에 얼마나 모욕적이겠는가! 한심한 경고문 귀퉁이에 캘리그래피라도 남기고 싶지만 참는다. 일본말에 욕이 다양하지 않은 걸 다행인 줄 알아라.

　　　물 위에 오리가 떠내려간다. 걸음을 멈추고 자연스럽게 그쪽으로 고개가 돌아간다. 오리의 옆모습이 어딘가 좀 건방지고, 멀어지는 뒷모습은 어딘가 좀 뻔뻔하다. 문득 오리만큼 오해하기 쉬운 새도 없는 것 같다는 생각이 든다. 산책길을 한 굽이 돌자, 연한 초록빛 물빛과 어우러진 회백색 다리가 참 곱다. 세월의 더께가 잔잔히 쌓여 있다. 위트릴로의 그림 같다. 난간에 난 반타원의 구멍이 어렴풋이 깜찍해서 한참을 바라봐도 지루하지가 않다. 수로변 흙길을 스무 걸음쯤 걸었을까. 봄 아니랄까봐 짧은 구간에 핀 꽃들이 다채롭기도 하다. 연분홍에서 노랑으로, 흰색에서 빨강으로, 그리고 자주색으로 한숨 돌리는 보폭에서 물감 자국이 묻어날 것만 같다. 나는 나이에 비해 너무 일찍 화단을 바라보기 시작한 감이 없지 않지만, 되돌리기에는(?) 이미 늦었다.

모리스 위트릴로(Maurice Utrillo), 프랑스의 화가.

제법 쌀쌀하다. 어디선가 교토는 꽃샘추위로 유명하다는
말을 들은 것 같기도 하다. 눈의 고장 니가타나 태풍의 길목 오키나

와도 있으니까. 봄답지 않게 유난히 날씨가 매섭다면야 꽃샘추위의 고향 교토로도 불러봄 직하다. 게다가 교토 하면 전국 상춘객들이 집결하는 벚꽃놀이의 총본산 아닌가. 거기에 꽃샘추위라니. 어쩐지 금상첨화가 아닐 수 없다. '꽃샘추위의 고장 교토로 떠나는 벚꽃놀이' 좋다. 훌륭한 카피다. 여행사 직원이라면 건의해볼 만하다.

비는 정말 다 내린 모양이다. 수로에 빗줄기가 떨어지는 모습이 운치가 있었을 텐데 아쉽다. 왔던 길을 돌아간다. 학생들이 하교 중이고, 야구부원들은 운동장 바닥을 고르고 있다. 하굣길 옆 개울에는 반딧불이도 사는가 보다. 펜스에 반딧불이 그림이 걸려 있다. 웃고 있는 얼굴에 뺨은 빨갛고 당연히 꽁지에는 노란 빛무리. 첫 인상은 귀여웠는데 계속 보니까 어딘가 싫다. 뭐랄까, 미친 반딧불이 같다. 반딧불이가 먹이인 다슬기의 딱지를 똑 떼고 살점을 잔인하게 뜯어 먹는 모습이 눈앞에 그려졌다. 반딧불이에 대해 새로운 이미지가 생긴 것 같아 마음에 든다. 분명히 이 나라 어느 지자체에서는 반딧불이 캐릭터를 만들어서 인형 옷을 뒤집어쓰고 지역 특산물을 홍보하겠지. 없을 리가 없다.

출출하다. 야마시나 역 근처로 돌아가서 메뉴를 골라보기로 한다. 어느 집 담장 위에 다른 지방에서 주워온 듯한 돌멩이와 조잡한 조각상이 모여 있다. 뭘 먹을까 생각하며 지나치다가 뭔가 굉장

히 익숙한 형상을 본 것 같아 되짚어 다시 확인했더니, 조각상 중에
돌하르방도 섞여 있다. 웃음이 난다. 외국의 골목 한 귀퉁이에서 돌
하르방을 만나는 일은, 일본인이 타국의 으슥한 골목에서 고케시를
만나는 일만큼 웃긴 것 같다. 돌하르방과 고케시라. 어딘가 훌륭한
조합이다. 돌하르방 할배, 고케시 손녀. 꽤 어울린다. 한 번도 고케

小芥子. 원통형의 예쁜 목각 인형.

시가 귀엽다는 생각이 들지 않아서, 조금 무서운 분위기도 있고 해서 지금까지 사고 싶은 마음이 들지 않았었는데, 돌하르방과 나란히 서 있는 모습을 떠올려보니까 어쩐지 예쁘장하고, 고케시가 이따금 무서운 기색을 드러내려고 하면 옆에서 돌하르방이 어허, 그러지 마! 꾸짖어줄 것 같아서 하나쯤 갖고 싶은 생각이 든다. 사야겠다.

　　야마시나 역 주변을 다녀보아도 마땅히 끌리는 식당이 없다. 걷다 보면 구미가 당기는 식당을 만나게 될 테니까 좀 더 돌아다녀보기로 한다. 옆에 허기를 잘 참지 못하는 동행이 있었다면 화를 냈겠지. 배고픔에 무심한 나는 왜 까칠하냐고 받아쳤을 것이고, 그렇게 몇 차례 감정 섞인 말들을 주고받다가, 결국에 한판 붙겠지. 물론 지금까진 한 번도 그런 일이 없었지만 언젠가는 일어날 것만 같고, 왠지 그날이 은근히 기대되기도 하고 그렇다. 안다. 지나치게 혼자 다니는 시간이 오래되어서 그렇다는 것을. 어쩌면 이제 더 이상 누군가와 한판 붙는 일 따위 생기지 않을지도 모르겠다. 맞다. 그럴 것도 같다.

　　탄탄면 전문 가게가 보인다. 탄탄면은 그다지 좋아하는 음식이 아니지만, 더 이상 식당을 찾아다니는 일이 귀찮고, 매콤한 국물이 당기기도 해서 들어가기로 한다. 가게 미닫이문을 열자마자 문지방을 넘을 새도 없이 바로 의자가 문에 바짝 붙어 있다. 바 테이블에 대여섯 명이 나란히 앉으면 꽉 차는 아담한 가게다. 머리에 수건을 둘러쓴 젊은 남자가 보이지 않는 주방 쪽에서 나와 인사를 하며 물을 따라준다. 주문을 한 다음, 벽에 붙어 있는 탄탄면 맛있게 먹는 법, 토핑 종류 등을 읽으며 기다린다.

　　　뜬금없이 몇 해 전 나고야를 갔을 때 길에서 스치고 지나간 매춘부가 생각난다. 늦은 저녁을 해결하려고 숙소 근처 거리를 다니는데, 길 건너편에서 잰걸음으로 보조를 맞추며 이쪽을 힐끔힐끔 주시하는 여자를 보고, 매춘부구나 싶어 모른 체 거리 간판만 확인하며 한 블록 정도 걷다가, 사거리 건너편에 중국요릿집을 발견하고 무심코 길을 건너는 중에 아차, 나를 향해 미소를 날리며 달려오는 매춘부를 보고, 지금 내가 길을 건너려고 방향을 튼 순간이 저 매춘부 입장에서는 오해할 만한 타이밍일 수도 있겠구나 싶었다. 그래선지 매춘부의 첫마디도 대뜸, 하려고? 였지. 그 뒤야 뭐 평소대로 아무 말 없이 손을 들어 거절하고, 매춘부의 얼굴을 보진 않았지만 그 순간 조금 화가 난 듯한 표정으로 변하는 느낌이 들었고, 집요하게 따라붙는 매춘부에게서 피신하듯 중국집 안으로 들어갔지. 그리고 들어가 먹은 음식이 바로 탄탄면이었고, 기억에 남을 정도로 맛이 별로였지.

　　　주문한 음식이 나온다. 둥근 그릇을 두 손으로 받쳐 들고 앞에다 살며시 내어놓는 느낌은 음식이 아무리 소박하더라도 융숭한 대접을 받는 것 같아 항상 기분이 좋다. 고추기름이 떠 있는 오렌지빛 국물 색이 예쁘다. 군침이 돈다. 오랜만에 만나는 붉은색 계열의 음식이다. 외할아버지 말씀이 생각난다. 해방 후 만주에서 돌아오는 기차 안에서 많은 일본인이 이질에 걸려 픽픽 쓰러졌다고 하셨지. 조선에서 살려면 매운 음식을 먹어야 비위생적인 환경을 견디는데, 일본인은 고추와 마늘을 먹지 않아서 면역력이 약한 체질이라고. 지금 생각하면 순 엉터리 같은 말이지만, 늘 궁금하긴 하다. 중국에도, 동남아시아에도 매운 음식이 흔한데, 어째서 일본에만 없는 걸까. 여름이 무더운 지역에서는 매운 음식이 발달한다고 하는데, 어느 나라 못지않게 무시무시한 폭염을 자랑하는 나라이면서 왜 매운 음식이 전무한 걸까. 와사비? 겨자? 그건 코만 찡할 뿐이고. 생강? 그건 개운한 맛이고. 그나저나 괜히 탄탄면 전문점이 아닌가 보다. 맛있다.

가게 밖으로 나오자 얼굴에 닿는 바람이 좋다. 문득 오랜만에 담배나 태울까, 싶은 생각이 들게 하는 바람결이다. 끊은 지 십년도 넘은 담배가 피우고 싶은 걸 보니, 나도 모르는 사이 어딘가 기분이 즐거운 모양이다. 가벼운 조증인 것 같다. 일본에 처음 왔을 때 작은 담배가게가 참 정겹다고 생각했는데, 아쉽게 이미 담배를 끊어버린 상황이라 한 번도 이용해본 적이 없다. 일본은 멘솔을 어떻게 발음하지? 멘소루려나? 아니구나. 일본은 th를 티읕으로 발음하니까. 멘토루겠구나. 마이루도 멘토루 히토하코 구다사이. 좋다. 하, 그립구나. 팔팔 멘솔.

　　　　여느 때처럼 아무 골목으로나 들어가려다, 아무것에도 관심을 두지 않고, 조금 무심해지고 싶어서 도로를 따라 걷기로 한다. 버스 승차장이 나온다. 여긴 교토 버스가 오는지, 다니면 패스권을 사용할 수 있으니까 버스에 타서 실컷 졸다가 아무 데서나 내려 여기가 어디쯤인지 전혀 가늠이 안 되는 상태에서 방향감각마저 까맣게 상실한 채 산책을 이어나가는 것도 나쁘지 않을 것 같다. 역시나 게이한 버스만 연달아 온다. 그냥 아무 버스에나 올라 어떤 곳을 헤매게 될지 운명에 맡겨버릴까 싶다. 그래. 언제나 시작은 이런 식이었지. 길치이자 방향치인 자신을 부정하고, 스스로 미로에 인도하듯 개고생을 자초한 적이 한두 번이 아니었지. 왜 그렇게 낯선 곳에서 산책을 가장한 채 부단히 길을 잃어버리려고 했을까. 일부러 길을 잃어버리지 않아도 어느새 자연스럽게, 여긴 어디지? 어느 쪽으로 가야 하는 거지? 식은땀을 흘리며 길을 잃게 되거늘.

　　　　료가오카 미도리 산책길 입구에서 주변 그림지도를 구경

마일드 멘솔 한 갑 주세요.(マイルド メンソール ひと箱 ください)

한다. 한눈에 봐도 절이 참 많다. 고등학교 앞에 흐르던 물길은 비와코 호수로 흘러가는 지류의 상류인가 보다. 가까운 거리에 해시계 비석이 있다. 가까우니까 가본다. 이 나라 사람에게 엎어지면 코 닿을 데를 일본말로 직역해서 말해도 알아들을까 생각하며 간다. 허름한 아파트 건물 앞에 관목에 둘러싸인 해시계 비석이 서 있다. 백 년은 넘은 것 같은데 제대로 관리를 한 것도 아니고, 그렇다고 아예 아무렇게나 방치한 상태도 아닌 어중간한 분위기가 꽤 마음에 든다. 화강석에 새겨진 선이 여섯 시부터 반 타원을 그리며 점점 길어져 열두 시에서 가장 긴 선을 긋고, 다시 차츰 짧아져서 저녁 여섯 시에 끝난다. 여름에 관목과 주변 수풀이 무성하게 자라 해시계 위로 짙은 그늘이 드리워져, 햇볕이 쨍쨍 내리쬐는 날씨인데도 전혀 해시계의 기능을 하지 못하는 상태로 만났더라면, 어떤 무용한 아름다움에 반해 더 마음에 들었을 것 같다.

　　료가오카 미도리 산책길로 돌아와 잔디밭 사이에 난 길을 걷는다. 유명한 사람의 이름인지 아니면 지명인지, '료가오카'라는 말 때문에 자꾸만 고향 집 방에 있는 러시아 역대 대통령 마트료시카 인형이 생각난다. 운동기구 위에 앉아 있는 고양이 한 마리가 나를 물끄러미 쳐다보고, 여자아이 둘이서 민들레 씨를 에잇! 발로 차며 놀고 있다. 앗! 저쪽에 두 개! 소리치며 달려가 찬다. 지나면서 보니까 민들레 씨들이 아주 남아나질 않았다. 고양이 두 마리가 벤

치 위에서 자고 있다. 다른 고양이 한 마리는 풀숲에서 나오다가 눈이 마주친다. 뭐야, 여기 고양이 왜 이렇게 많아. 흥분되는 마음을 진정할 새도 없이 바로 앞 산책길 한가운데 고양이 대여섯 마리가 늘어져 누워 있다. 아아, 입이 벌어진다. 고양이들은 그 자리에 그대로 계시고, 나만 고양이들이 누워 있는 사잇길로 조심조심 지나가면 얼마나 행복한 기분이 샘솟을까. 하지만 그렇게 뜻대로 가만히 있어 줄 분들이 아닌 걸 잘 알고 있으므로, 방해되지 않게끔 잔디밭 안으로 들어가 둘러 간다. 서너 마리가 옆으로 고개만 들고, 쟤 왜 저래? 쳐다봐 주신다. 황송하다.

어느새 주택가를 배회하고 있다. 집 창가에 둔 인형은 볼 때마다 재밌다. 이번엔 이상해씨와 파이리냐. 일본 여행 초기에는 커튼을 꼭꼭 친 창가에 인형이나 장난감 등을 장식한 모습이 웃겨서 보일 때마다 수첩에, 야마다 씨 댁 창가에는 피글렛, 스즈키 씨 댁 창가에는 밀레니엄 팔콘, 이렇게 꼼꼼히 기록했었는데, 나중에는 지금 내가 산책 중인지 일본 주택가 창가 장식물 덕후인지, 헷갈릴 정도로 너무 자주 창가 인형들과 조우하게 돼서 수첩을 두어 장 채울 즈음 관뒀다. 굴다리를 통과하자 공동묘지가 나온다. 공동묘지 너머로 어린이집이 보인다. 아이들이 이층 창가에서 블록 장난감을 한 손에 쥔 채 공동묘지를 내려다보며 자연스럽게 삶과 죽음의 경계에 대해 느낄 수 있을 것 같다. 조기교육도 되겠다, 괜찮은 것 같다.

초등학교 야구부원들이 타격 훈련 중이다. 타석에 들어설 때마다 헬멧을 벗고 투수에게 빠르게 인사한 다음 타격 자세를 취하는 모습이 보기 좋다. 세 번째 자리에서 공을 던지는 투수는 유난히 몸 쪽으로 향하는 실투가 잦다. 멋쩍게 모자챙을 만지며 사과하는 동작이 좀 멋지다. 지금 타자들이 다섯 개의 타석을 옮겨가며 훈련하는 과정을 그대로 머릿속으로 이미지 트레이닝하듯 따라 해본다. 두 세트만 돌아도 배트를 제대로 휘두르지 못할 것 같다. 물을 마시려고 뚜껑을 여는 손이 바르르 떨리겠지. 펜스 근방에 떨어져 있는 공을 하나 챙겨가고 싶다. 계속 신경이 쓰인다. 마침 빗맞은 공이 손을 뻗으면 닿는 거리까지 굴러온다. 저걸 가져가야겠다, 결심하고 눈치를 살피는데, 아, 야구부원 한 명이 양동이를 들고 주변에 흩어져 있는 공을 주우려고 온다. 괜히 망설여서. 아깝다. 앗! 다행히 양동이 하나에 다 담지 못할 만큼 공이 많아서, 내가 노리던 공은 남겨놓고 돌아간다. 이때다 싶어 얼른 들고 있던 우산 끝으로 공을 살살살 굴려 재빠르게 챙겨 몸 뒤로 숨긴다. 뿌듯하다.

해가 진다. 슬슬 숙소로 돌아가야겠다. 고급스러운 조명을 은은하게 밝힌 바이칼 제과점 앞을 지나다가 유리창 안에 전시해놓은 계절 한정 녹차 과자가 맛있어 보여서 선물을 살 겸 들어간다. 계산을 마치고 과자를 담은 종이가방을 받아 나오려는데, 굳이 직원이 가로 세로 한 뼘도 되지 않는 종이봉투를 들고 입구까지 배웅해준다.

이 나라 사람들이 생각하는 '고맙지만 짜증나는 행동 1위'가 쇼핑 후에 입구까지 물건을 들어다 주는 접객이라고 하던데, 직원이 작은 종이봉투의 끈을 조심스럽게 잡고, 다른 손은 아래를 받쳐 입구 앞에서 전달해주는 대접을 난생처음 당하고(?) 보니까 이런 생각이 든다. 아니, 이거 과자 몇 봉지라고! 과자치곤 비싸긴 하지만 그래 봤자 과자라고. 그냥 뒤통수에 대고 가볍게 인사 정도만 해도 충분하잖아. 달랑 쿠키 한 봉지만 샀으면 어쩔 뻔했어. 너무 부담스럽잖아. 만약에 이곳 과자 맛이 아주 훌륭해서 자주 찾게 된 사람들이 점점 그런 접객을 받는 데 익숙해져버려서, 계산을 끝내고 물건을 받을 생각도 없이 휙 돌아서 앞장서 걸어가 먼저 입구에서 기다리는 태도를 보인다면, 그건 타락이라고! 과자나 롤케이크 사러 들락거리다가 자신도 모르는 사이 타락해버리는 거라고! 아무리 훌륭한 오모테나시 정신이라지만, 이건 아니잖아. 제과점에서 이런 극진한 대접 받기 싫다고.

       다이마루 백화점 식품 매장에 들러 요깃거리를 산다. 비닐봉지를 들고 어둑어둑해지는 낯선 거리를 걸으니까 보람찬 하루를 보낸 것 같은 착각이 든다. 야마시나 역 앞에 도착하자, 낮과는 전혀 다르게 사람들로 꽤 붐빈다. 흡연 부스 안도 거의 만원이고, 큰 나무 벤치에는 보이지 않던 노숙자도 앉아 있다. 퇴근한 직장인들이 두셋

おもてなし. 진심으로 손님을 접대한다는 뜻.

씩 모여 캔맥주를 마시는 모습이 보기 좋다. 나도 담배가 피우고 싶고 맥주를 마시고 싶지만, 그냥 사람들 속에 섞여 가만히 앉아 있어도 즐거운 것 같다. 위로를 받는 느낌이다. 낮에도 느꼈지만 역시나 마음에 드는 야마시나 역전이다. 좋아하는 건널목 종소리가 들린다.

아침

새가 운다. 스카치테이프 뜯어내는 소리 같다. 내 저놈의 새를. 아직 눈은 뜨지 않은 채, 그렇게 잠에서 깼다. 잠기운이 점점 옅어질수록 새에게 미안한 감정이 든다. 몸을 일으켜 여전히 눈은 감은 채로 멍하니 앉아 있으려니 새소리가 마치 잊어버린 꿈의 줄거리를 타전하는 모스 부호 같다는 생각이 든다. 짹짹짹짹. 짹짹. 저 암호를 풀어 문장으로 옮겨 적으면 어떤 문체를 갖게 될까.

교토에 도착한 첫날밤. 꿈에 미야자키 아오이가 나왔다. 왕가위 감독과 영화를 찍고 있었다. 노출 신이 있었다. 다른 배우들 나신은 그대로 보였는데 미야자키 아오이만 모자이크 처리가 되어 있었다. 꿈속의 어떤 전지적 시점의 화자가 아, 뭐야! 항의하는 소리가 들렸다. 그 순간 왕가위 감독이 고함을 치기 시작했고, 그러자 서서히 모자이크가 사라지더니 부화하는 에이리언의 알이 벌어지는 형태와 비슷하게 젖꼭지가 갈라지며 그 속에서 뽀얀 가슴이 봉긋 솟아 나왔다. 스르르 눈이 떠졌고 종이를 새로 바른 맹장지에 새벽빛이 번지고 있었다. 천장을 보는데 〈마징가 제트〉에 나온, 가슴에서 미사일이 발사되던 로봇이 생각났다. 비너스였던가. 교토에서의 첫날 아침이 그렇게 밝았다.

날씨

어제는 게스트하우스에서 일하는 미국인 여자, 나, 일본인인 줄 알았던 한국인 여자,

이렇게 셋이서, 셋이 앉기엔 조금 비좁은 벤치에 앉아 내리는 비를 구경했다.

미국인 여자는 청소를 마치고 커피에 담배를 피우며

나는 전날 미리 낸 자전거 대여비를 돌려받기 위해 장보러 간 숙소 주인을 기다리며

한국인 여자는 비가 오니까 그저 외출을 미루며

그렇게 비를 봤다.

마냥 비만 바라볼 수는 없으니까 담소도 조금 나눴다.

미국인 여자 비 오네.

나　비 오네요.

한국인 여자　비 내리네요.

비(雨)는 일본말로 아메(あめ).

아메는 사탕을 뜻하기도 한다.

문득 말장난을 치고 싶기도 했지만 예감이 좋지 않아서 참았다.

오늘은 날이 화창하다.

식빵을 접시에 담아 벤치에 앉아

어제 내린 비에 말갛게 씻긴 햇볕을 발등에 쬐며 아침을 먹는데

승려 한 분이 큰 소리로 불경을 외며 지나갔다.

주머니

고로케를 쌌던 종이를 접어 주머니에 넣고 걸었습니다.

손을 주머니에 넣으면 종이를 만지게 됩니다.

어느 날 반쯤 베어 먹은 오크라가 주머니에서 나온 적이 있습니다.

즐겨 먹지 않는 오크라가 한밤의 산책 중에

반쯤 베어 먹은 상태로 주머니에서 나왔지만

평소에 산책을 하지 않았다면 문제는 더 많았겠지.

끈적끈적 오크라쯤이야 대수롭지 않게 도로 주머니에 넣고

산책하는 내내 오크라를 만지며 걸었습니다.

그날 이후 산책을 나서기 전에 가끔

채소의 한 종류.

주머니에 잘 넣고 다니지 않는 것들을 일부러 챙겨 넣고 집을 나서곤
합니다.

브로콜리나 고양이 캔이나 아보카도 같은, 뭐 그런.

기분전환이 됩니다.

영화

최근에 본 영화 〈리틀 포레스트〉의 주인공이 '하시모토 아이'가 아니었다면, 오사카 난바 역 어지러운 전광판을 쳐다보며 어디로 가야 할지 결정을 내리지 못하는 중에 문득 시선이 멈춘 '하시모토'행 열차에 몸을 실을 일은 없었을 거야. '하시모토'라는 지명을 보는 순간 '하시모토 아이'가 생각났고, 자연스럽게 영화 〈리틀 포레스트〉의 배경인 고모리의 산골 풍경이 그려졌지. 가끔은 이렇게 유치한 명분을 억지로 만들다 보면 뜻밖에 더 근사한 우연을 맞닥뜨리기도 하니까, 어디 '하시모토'에는 어떤 우연이 기다리고 있을지 두고 보기로 했어. 종점인 하시모토에서 내려 큰 배낭을 짊어진 백인 둘이 고야 산행 열차로 갈아타는 걸 보고 따라가볼까 잠시 망설였지만, 고야 산이라는 이름에서 풍기는 깊고 스산한 기운이 고생길을 예고하는 것만 같아서 마음을 접었어. 역에서 나와 곧장 중앙통을 통과하자 도로가 나오더라고. 도로 너머로는 강이 흐르고. 조금 걷자 선댄스풍 영화에 등장할 법한 노란색 바탕에 빨간 알파벳의 지주간판이 서 있는 'SUN'이라는 카페가 보이기에, 강변이라 위치도 괜찮고 해서 들어갔어. 창가에 자리를 잡고 빨간 열차가 철교를 건너는 풍경을 바라보며 인디언 카레를 먹었지. 뒤편에 앉은 중년 일행 중에 유머러스한 사람이 뜨거운 맥주한 잔을 농담으로 주문해서 비슷한 또래의 직원도 일행도 함께 호호호호 웃음을 나눴어. 카페에서 나와 마을을 한 바퀴 돌아 다시 역 앞으로 돌아왔어. 전철을 기다리는 학생 대부분은 스마트폰에 빠져 있는데, 벽에 가까이 붙어서 하드를 먹는 친구 둘은 마을 지도를 유심히 보며 뭐가 그렇게 재밌는지 킥킥킥 웃다가 큭큭큭 웃다가 잠깐 멈추는가 싶더니 다시 킥킥킥 웃었어. 하시모토 역내를 둘러보다가 '고조'라는 역명이 눈에 들어왔어. 고조? 지난여름에 본 영화 〈한여름의 판타지아〉의 배경인 그 고조? 하시모토에서 고조까지는 두세 정거장 거리였고, 늦봄 늦은 오후 기분 좋은 우연의 시간이 째깍째깍 흐르기 시작했어. 고조에 도착해 한동안 역 앞 공터에서 어슬렁거리다가 영화에서 유스케가 혜정에게 슬그머니 장난을 치는 잉어가 사는 우물을 찾아가보기로 하고, 옛 거리를 가리키는 표지판을 따라 걸어갔어. 다니는 사람이 거의 없는 상점가를 지나다가 돌비석 제작 전문점 앞에 호빵맨 조각이 서 있길래 볼때기를 어루만지며 말을 걸었지. 세균맨은? 식빵맨은 어디 있니? 그냥 해본 말인데 구석 벤치 귀퉁이에 작은 식빵맨이 늠름하게 앉아 있더군. 고조 시 중앙을 통과하는 도로를 건너 골목으로 들어가자 영화에서 봤던 오래된 가옥이 늘어서 있는 거리가 나왔어. 어쩌면 이렇게 사람이 아무도 다니지 않는지, 마치 세트장 같다고 느낄 참에 노인 두 명이 목욕 바구니를 들고 나긋나긋 대화를 나누며 지나갔어. 이 조용한 거리에 드문드문 나타났다 멀어지고 사라지는 사람이 꼭 저마다 영화의 주인공 같았어. 전형적인 일본 전통 거리 끝자락에 프랑스요릿집이 자리 잡고 있어서 어쩐지 이 거리가 더 근사하게 느껴졌어. 샛길 너머로 고이노보리가 바람에 날리고 있었어. 강변을 걸으며 일렬로 늘어선 고이노보리가 바람결에 헤엄치고 가라앉은 모습을 보니까 굳이 영화에 나왔던 잉어가 사는 우물을 찾아가지 않아도 될 것 같아서 언제나처럼 옆길로 샜고, 시 중심지에서 점점 멀어지는 중에 만난 사무카와 의원(寒川医院)은 병을 치료하러 들어갔다가 더 위중해져서 나올 법한 병원 이름이라는 생각이 들었어. 하필 의사의 성이 사무카와여서 그대로 사용한 것이겠지만, 그래도 그렇지 寒川이라니. 듣기만 해도 오한이 드는 것만 같아. 시골 주택지를 걸었어. 마땅히 길을 돌릴 만한 계기가 없어서 계속 걸었어. 집 앞에서 야구하는 아이들을 지나 목공소를 지나 철물점을 지나 막다른 길이 나올 때까지 계속 걷다가 마침내 도로 포장공사를 하는 진입금지 펜스를 만나 걸음을 돌렸어. 고조 역으로 돌아와 전철 시간이 아직 남아 요깃거리를 사러 근처 편의점에 들렀는데, 매대를 정리 중인 직원에게 한 중년 남자가 험악한 목소리로 훈계하고 있었어. 처음에는 가게 주인인가 싶었는데, 가만 보니 직원은 그를 거의 무시하는 태도로 자기 할 일을 마치고 계산대로 돌아갔고, 그 뒤에도 중년 남자는 혼자 빵 매대 앞에서 손가락질을 해대며 시끄럽게 중얼중얼 하나도 알아들을 수 없는 말을 지껄였어. 종종 찾아오는 이상한 사람인 것 같았어. 나는 기분이 조금 껄렁해져서 비스킷과 캔커피 계산을 마치고 편의점을 나오며 야쿠자 영화 양아치 억양을 흉내 내 나지막이 "우루세

鯉のぼり. 남자아이의 성장과 출세를 상징하는 잉어 깃발.

(시끄러)" 하고 혼잣말을 했어. 저녁 어스름이 다 지고 고조 역으로 올라가는 어두운 언덕길을 걷다가 잠깐 멈춰 서 뒤돌아보면 괜히 슬퍼질 것 같아서 어디 한번 뒤돌아봤지만 하나도 슬프지 않았고, 그렇게 고조를 떠났어.

잠버릇

오른손바닥을 베고 자면 불길한 꿈을 꾸고 왼손바닥을 베고 자면 재밌는 꿈을 꿉니다. 어느 쪽이든 손바닥을 괴어야 잠을 잘 수 있습니다. 하지만 잠이 들더라도 두어 시간쯤 지나면 손이 저려 잠이 깨고, 다른 손바닥으로 바꾸기 위해 돌아누워야 합니다.

손바닥을 바꿔가며 잠을 자다 보면 불길한 꿈과 재밌는 꿈을 번갈아가며 꾸게 됩니다. 꿈이 유달리 생생한 날에는 불길하다가 즐겁다가 재밌다가 불안한 꿈속을 헤매게 됩니다. 꿈을 꾸면서까지 조울증을 앓는 건 너무 억울하니까 가능하면 매일 밤 꿈을 꾸지 않기 위해 오늘 있었던 일이나 주로 느꼈던 감정을 잊어버리게끔 아주 단순한 물건을 오래 생각하며 잠자리에 들 준비를 합니다. 하키 퍽이나 문진같이 형태가 단순하고 쉽게 연상 작용을 일으키지 않는 물건을 주로 생각합니다.

모로 누워 손바닥을 베고 잠을 자게 된 사정은, 바로 눕거나 엎드려 눕거나 손바닥을 괴지 않고 그냥 모로 누워 잠을 자려고 하면 오른쪽 다리에서 자주 경련이 일어나기 때문입니다. 다행히 왼쪽 다리는 경련이 일어나기에는 무릎이 좋지 않습니다. 경련이 일어나기 전에 집전체에 전류가 모이듯 야릇한 조짐이 느껴지는데 발작을 예감하는 스메

르자코프처럼 그것을 감지하고 경련을 기다리면 잠시 후 어김없이 감전된 듯 오른쪽 다리에 경련이 지나갑니다.

손바닥을 관자놀이에 괴는 자세만이 경련을 방지하고 잠으로 이어지게 하는 유일한 통로입니다. 오른손바닥의 흉몽과 왼손바닥 꿈의 비몽사몽 콜라보레이션 따윈 아무래도 상관없습니다. 잠으로의 도달만이 피로의 완성입니다.

햇빛

붉고 희다. 빨갛고 하얗다, 라고 쓸 수도 있다. 그늘은 서늘하고 양지
는 포근하다. 그늘은 계단에 흔하고 양지는 공터에 흔하다. 둘 다 잘
어울리는 짝이다. 그늘에서 양지로 나갈 때가 있고 양지에서 그늘로
들어갈 때가 있다. 계절이 바뀔 때마다 다른 기분으로 그늘과 양지를
오간다. 그럴 수밖에 없는 일이다. 때때로 지겹다는 생각을 한다. 이따
금 다행이라는 생각도 한다. 물론 대부분 아무 생각이 없다. 계단을 올
라 공터를 바라보고 계단을 내려갈 뿐이다.

어떤 흰색은 자꾸만 햇빛을 벗어나려고 한다.

햇빛 속을 흘러 다니는 붉은색이 어른거리는 순간이 있다. 그늘과 양
지는 똑같이 조용하고 어디에서나 눈물을 비칠 수도 있다. 그늘에서
든 양지에서든 울만 하니까 울겠지. 그늘에서는 울음소리가, 양지에
서는 우는 얼굴이 더 어울리는 편이다. 계단에서 쪼그려 앉아 울고 공
터에서 고개를 떨구고 운다. 울다 보면 아름다워질 때도 있다. 아름다
워지면 적막하기 마련이다.

먼지인 줄 알고 손가락에 침을 묻혀 찍어내려 했더니 햇빛이다.

아
무
데
서
나　되짚어

아무렇게나

가나자와 [金澤]

밤에 화장실을 가려고 깼다가 창밖의 낌새가 수상해서 커튼을 열었다. 눈이 내린다. 멀리 가로등빛 무리 속으로 떨어지는 눈 그림자가 자욱하다. 겨울이 오면 항상 폭설에 고립되는 설야를 동경한다. 혈관 속에 눈 결정체라도 녹아 떠다니는지, 공중에서 가냘프게 떨어지는 눈송이만 봐도 가슴이 두근거린다. 눈에 대한 애정이 남다른 어머니가 내게 물려준 DNA다. 패딩을 걸치고 호텔을 나왔다. 우산을 펼치기 전에 탐스러운 눈송이를 바라봤다. 눈이 거의 내리지 않는 남쪽 지방에서 자랐기 때문에 유난히 눈을 편애하는 건 아니다. 선천적으로 그렇게 태어났다. 일종의 가족력이다. 적설량이 많은 지방에서 우리 가족이 살았더라면, 조금은 슬픈 일이 덜 일어나지 않았을까 싶다. 그랬을 것 같다.

눈길을 걷는다. 아무도 없고, 차도 다니지 않는 깊은 밤. 우산 위에 쌓이는 눈의 무게가 손에 전해진다. 내 초라한 외로움이 한쪽으로 치우치지 않게끔 알맞게 균형을 잡아주는 고마운 무게다. 사람의 따뜻한 말 한마디나 손길이었다면 무안해서 고개를 돌렸겠지만, 차갑고 새하얀 눈송이니까 그러지 않아도 된다.

늦은 아침, 잠이 깨기 바로 직전에 꾼 꿈이 너무 아름다워서 어안이 벙벙했다. 내가 이렇게나 아름다운 꿈을 꿀 리가 없는데 자꾸만 의심하다 보니 잠에서 깼다. 흰긴수염고래의 거대한 꼬리가 수면을 때리며 숨겨진 비밀의 해안으로 가는 바닷길을 안내해주는 꿈이었다. 내가 잘못된 방향으로 조타기를 돌리면 꼬리를 두 번 팡팡 때려 방향을 바로잡아주었다. 희미하게 남아 있는 꿈의 여운이 감미롭다. 일렁이는 수평선 너머로 사라지는 고래의 꼬리가 안녕, 작별인사를 하는 것 같다. 프런트에서 전화가 온다. "청소는 괜찮습니다." 말을 전하고 끊는다. 호텔에서 숙박할 때면 종종 프런트에 알리는 말이지만, 할 때마다 항상 "살아 있으니까 염려 마세요"라고 말하는 기분이 든다.

침대에서 꾸물거린다. 외출할 준비를 하기 시작했다는 뜻이다. 외출을 하려면 미적거리는 시간이 꼭 필요하다. 적어도 삼십 분 정도 빈둥거려야 한다. 날마다 일정량의 카페인을 섭취해야 정상적인 생활이 가능한 사람처럼, 나는 빈둥거리는 시간을 어느 정도 가져야 컨디션이 유지된다. 온전히 방에서 빈둥거려야 효과가 있지, 외출한 이후에 아무리 카페나 공원에서 빈둥거려봤자 소용이 없다. 야외에서 느긋하고 여유롭게 보내는 시간은 엄연히 여가나 휴식에 속하지 빈둥거림으로 치지 않는다. 침대에 기대 주로 트위터를 읽거나 구글 지도를 검색하다가, TV를 켜놨으면 잠깐씩 멍하니 화면을 본다. 그러다 문득 웃거나 시무룩해지고, 그렇게 대충 하루치의 빈둥거리는 시간이 채워졌다 싶으면, <u>으으으으으</u> 기지개를 켜며 억지로 끌려나가듯 방을 나서게 된다. 물론 여행을 왔으니까 어쩔 수 없이 외출을 하는 것뿐이지, 한국의 집이었다면 한두 시간쯤 밖에 나갈까 말까 고민하는 시간을 따로 가진 다음 외출을 하거나 관두게 된다. 그리고 무슨 심보인지 막상 외출을 나오면 곧 외출한 것을 후회하거나, 집에 그대로 있으면 어김없이 집에 머문 것을 반성하곤 한다. 늘 그렇다.

　　　　어쨌든 나왔다. 어디든 가야 하는데 오늘따라 갈 곳을 정하는 일이 영 성가시다. 그렇다고 아무렇게나 정처 없이 돌아다니기도 싫다. 사흘 연속 정처 없이 떠돌아다녔더니 좀 지겹고 지친다. 동행이 있었다면 아무 생각 없이 꽁무니만 졸졸 따라다니고 싶다. 동행의 신경을 슬슬 건드리며 점점 부아가 치밀게 하더라도 만사 심드렁한 태도를 견지하고 싶다. 황량한 벌판이나 스산한 숲을 하염없이 헤매고 싶은 기분이다. 매일 오갔던 가나자와 역으로 가는 길을 가다가, 아니다, 오늘은 반대편으로 가보자, 하고 방향을 돌렸다가, 아니지, 이렇게 되면 또 어김없이 어슬렁거리며 배회할 게 뻔하니까 오늘은 아무 데도 돌아다니지 말고 다른 걸 해보기로 하고, 다시 가나자와 역으로 몸을 돌렸다. 보행로 구석에 비둘기 한 마리가 나와의 간격이 좁혀져도 피할 낌새를 보이지 않길래, 쟤가 왜 저러나?

대놓고 비둘기에게 다가갔다. 한 발짝을 앞두고 가만히 서서 내려다 봐도 도망가지 않길래, 어디 아픈가? 허리를 숙여 살펴보려 하자, 그제야 뒤늦게 나의 존재를 깨달은 비둘기가 화들짝 놀라 우왕좌왕 하며 날아갔다. 대체 얼마나 깊게 멍을 때리고 있었던 거야. 피식 웃음이 나며 한결 기분전환이 되었다.

가나자와 역 서쪽 출구로 나왔다. 시내와 정반대 방향이라 썰렁하니 좋다. 뭘 먹기로 하고, 대로변을 따라 걷는다. 한눈에 봐도 음식점이 많이 있을 만한 거리가 아니다. 식사를 해야지 생각하고, 하지만 이 길은 음식점이 거의 없을 거란 확신도 같이 하며, 사무실 건물뿐인 대로변을 터벅터벅 걷는 느낌이 나쁘지 않다. 왠지 금방 음식점이 눈에 띄더라도 못 본 척 외면해버리고 한동안 이 느낌을 그대로 유지한 채 직진만 계속해도 괜찮을 것 같다. 건물 앞에 카레 깃발이 펄럭이고 있다.

'DRAGON CURRY'라는 식당에서 병아리콩 카레로 점심을 해결하고 나왔다. 왔던 길을 되돌아갈지 가던 길을 계속 갈지 생각했다. 오늘은 배회하지 않기로 했으면서 또 슬금슬금 변덕을 부리려 한다. 가던 길로 계속 가면 평소대로 진이 다 빠질 때까지 걸어다닐 게 뻔하다. 이 길을 끝까지 가면 동해가 나오겠지. 바다를 가까이서 보려고 넓은 도로를 넘어가는 육교나 보행자 터널을 찾느라 한

나절 헤매다가 결국 찾지 못하고, 차들이 쌩쌩 달리는 도로 너머 저 멀리 바다를 한참 보다가, 뉘엿뉘엿 지는 해를 등지고 녹초가 된 채 돌아올 수도 있겠지. 제법 괜찮은 계획 같기도 하지만, 관두자. 무슨 도보 순례자도 아니고. 다시 가나자와 역 근처로 가서 뭘 할지 고민해보기로 하고, 대신 왔던 길을 그대로 되짚어 돌아가지 말고 다른 길로 둘러 되돌아가는 걸로 타협.

주택가도 아니고, 도대체 이 도로변을 왜 걷고 있나 싶다. 다시 대로변이 나온다. 이만 방향을 틀어 가나자와 역 쪽으로 가야 하는데, 이상하게 이 휑한 거리에 미련이 남는다. 아무래도 이대로 돌아가기는 아쉬워서 지도를 봤더니 근처에 북오프가 있다. 평소 같았으면 고민하지 않고 읽지도 않을 책을 사러 들렀겠지만, 오늘은 어딘가 의욕이 없는 상태여서 가지 않는 쪽으로 마음을 접다가, 문득 이런 우중충한 대낮에 북오프 만화책 매대 앞에 나란히 서서 만화에 푹 빠져 있는 동네 한량들 모습이, 갑자기 어떤 그리움 감정 비슷하게 보고 싶어져서 마음을 바꿔 들르기로 한다.

매장 안이 한산하다. 이 동네는 한량이나 백수, 자발적 비취업자 인구가 낮은 지역인가 보다. 만화책 매대 통로에 사람이 없다. 이제 막 점심때가 지났으니까 아직 그들이 야외 활동을 하기에 이른 시간이긴 하다. 눈높이에 꽂혀 있는 책들을 설렁설렁 보며 관찰할 만한 사람을 물색했다. 원예 책을 읽고 있는 페도라 쓴 노인의 옆모습이 보기 좋지만, 원하는 분위기가 아니고 근사한 노신사여서 통과. 동화책 책장 앞을 지나는데 자매로 보이는 아이 둘이 쪼르르 달려와서, "엄마 몇 권 살 수 있어?" 묻는다. 반대편으로 가던 엄마, "두 권" 하고 대답한다. 한쪽 무릎을 꿇고 책을 꼼꼼히 살펴보던 작은 아이가 뒷짐을 지고 신중하게 책을 고르고 있는 큰 아이에게, "이거 어때?" 하고 묻자, 큰 아이는 천천히 넘겨보더니, "아니야. 갖다 놔"라고 말한다. 과연 어떤 동화책을 선택할지 몹시 궁금하지만, 옆에서 서성거리면 이 많은 책 중에 두 권을 심사숙고해서 골라야 하는 두 자매의 신경을 거슬리게 할 테니 얼쩡거리지 않고 자리를 떠났다.

가나자와 역으로 돌아왔다. 앞에 걷고 있던 남자가 어라? 휴대폰 없다! 재빠르게 야구 감독 작전 사인처럼 앞뒤, 윗주머니를 만지더니, 아! 있네, 혼잣말을 했다. 없다가 있는 그 짧은 리듬이 웃겨서 피식 웃었다. 피식 웃었더니, 문득 중학교 2학년 때 수학 선생님이 내가 자기를 비웃었다고 오해하고 교무실로 불러 훈계한 일이 생각났다. 수업이 끝나고 마무리 말씀 중에 웃긴 일이 생각나서 피식 웃었는데, 그 소리를 들은 선생님이 나를 봤고 차분한 음성으로 교무실로 오라고 해서 갔고, 수학 선생님은 "아무리 내가 편해도 제자가 선생을 비웃으면 되겠니?"라고 했고, 나는 손을 모으고 "아닌데요. 웃긴 일이 생각나서 웃은 건데요"라고 했다. 그렇게 웃음의 타이밍이 어떻다느니, 그래 뭐가 그렇게 웃겼냐느니, 몇 마디 공방을 주고받다가 사과드렸고, 교실로 돌아오는 복도에서 선생님이 나의 안 좋은 버릇을 부드럽게 충고해주신 것 같아 기분이 괜찮았고, 비록 수학 실력은 꾸준히 평균 이하를 유지했지만, 수업 태도만큼은 한결 좋아져서 이따금 선생님과 눈이 마주칠 때면 희미하게 미소를 주고받곤 했지.

가나자와 역 벤치에 앉아 어디를 갈지 생각하다가, 어느새 그냥 멍하니 앉아 있다. 여행지에 와서 구체적인 일정을 정하지 않고 다니는 습관이 오래되었다. 뭐, 유명한 관광지나 명소에 얽매이지 않고 자유롭게 다니고 싶은 소신 같은 게 있어서 그런 건 아니고, 기껏 꼼꼼하고 세심하게 준비해봤자 쉽게 잘 찾아가지도 못할뿐더러, 그 과정에서 생기는 잦은 실수와 멍청한 결정과 자기 경멸을 수없이 경험한 결과, 차라리 계획을 일절 세우지 않고 다니는 편이 속 편하고 정신 건강에도 이로운 것 같아서, 가능하면 낯선 여행지에서의 일과는 즉흥적으로 되는대로 다니는 것일 뿐이고, 그런 까닭에 지금처럼 당장에 목적지를 결정해야 하는 상황이 닥치면 영 막연하고 만사 귀찮고 의욕이 떨어져 갑자기 피곤해지곤 한다. 영화배우 아라이 히로후미 닮은 사람이 지나간다. 제대로 보면 안 비슷하고 스치듯이 봐야 닮았다. 저 사람 미행이나 해볼까 생각하며, 하지만 벤치에

서 일어날 생각은 않고 가만히 쳐다만 보다가, 큰 결심이나 한 듯 웃
차, 그래 어디 한번 따라가보자, 하고 그 사람 쪽으로 걸어가는데, 마
치 내가 결심하고 벤치에서 일어나 몇 걸음 뒤쫓기를 기다렸다는 듯,
그 사람은 다소 얄밉게 전철 개찰구를 통과해 들어가버렸고, 당연히
황급히 전철표를 끊고 뒤쫓을 정도로 미행을 진행하고 싶은 생각은
전혀 없으니까, 다시 벤치로 돌아가 어디를 갈지 차분히 생각하려고
뒤돌아서는데, 그사이 벌써 다른 사람이 벤치를 차지해 앉아 있었고,
그래서 그냥 역에서 나와 되는대로 걷기 시작했다.

　　　　고풍스러운 붉은 벽돌 건물이 보인다. 시립도서관이다.
잘됐다. 가나자와를 다니면서 들르는 서점마다 다카노 후미코의 초
기작을 구할 수 없어서 아쉬웠는데, 도서관에서 읽어야겠다. 도서관
앞 공원에서 아빠와 아이들이 눈 장난을 하고 있다. 아빠가 던진 눈
덩이가 귀여운 포물선을 그리더니 작은 아이의 머리에 정통으로 맞
았다. 운다. 으앙! 심하잖아! 큰아이가 달래준다. 그러니까 살살 던
지라고 했잖아. 미안, 미안. 오늘 눈 장난 종료! 엄마는 가운데서 아
무 말 없이 싱글벙글 웃고 있고, 그렇게 얼렁뚱땅 넘어간다. 도서관
입구 복도를 지나다가 유리벽 반대편 건물 열람실 책상에서 독서 중
인 사람들 모습이 보기 좋아서 사진을 찍으려다가 마음에 드는 구도
가 아니어서 가방에 다시 사진기를 챙겨 넣는데, 언제 뒤에 와 있었
는지 경비 직원이 내게 다가온다.

"사진 찍으면 안 됩니다."

"아, 예. 알겠습니다. 죄송합니다."

인사하고 가려는데 경비 직원이 말했다.

"아니요. 잠시만. 사진 찍으셨죠? 저쪽으로 같이 가시죠."

엉? 손으로 안내하는 방을 봤더니 푸른색 제복을 입은 경비 직원이 두어 명 보인다.

"아니요. 찍으려다가 말았습니다."

"아니요. 저기로 가서 얘기하시지요."

등줄기에 식은땀이 났다. 순간, 바지 주머니 속에 넣고 다닌 '高野文子' 이름을 적은 메모가 생각나서 꼬깃꼬깃한 쪽지를 꺼내 보여주었다.

高野文子

"저는 여행을 하는 중입니다. 다카노 후미코 작가의 책을 읽으러 왔습니다. 사진을 찍으려고 했지만, 정말 찍지 않았습니다."

살짝 애처로운 표정을 섞어 눈을 바로 보며 말했다. 그는 마치 꼬깃꼬깃한 쪽지가 촬영을 하지 않았다는 결정적인 증거라도 되는 듯 고개를 끄덕이며 말했다.

"그렇습니까. 알겠습니다. 사진은 찍으면 안 됩니다."

그 쪽지를 그대로 들고 사서 직원에게 문의했다. 딱 한 권 뜨는데 일반실에는 없고 이층 서고에서 열람 신청을 하면 볼 수 있다고 한다. 서고에 가서 신청서를 작성해 제출하고 플라스틱 번호 표를 주기에 받고, 가방은 서고 입구 복도 코인로커에 보관하라고 해서 그렇게 하고, 책상에 전문 서적 같은 두꺼운 책을 잔뜩 쌓아놓고 연구 중인 노인의 대각선 맞은편에 앉아 기다렸다. 창문으로 들어오는 겨울 햇빛이 나른하다. 졸음이 솔솔 온다. 여러 책을 분주히 비교하며 읽고 있는 노인을 곁눈질로 훔쳐봤다. 학자 타입을 예상했는데 의외로 선이 굵고 서글서글한 인상이다. 젊은 시절 한 섹시 했을 것 같다. 서고 직원이 손을 들어 부른다. 찾은 책을 건네주는 느낌이 귀중한 절판본을 다루는 애서가처럼 조심스러워 기분이 좋다. 자리로 가며 제목을 봤더니, 'おともだち(친구)'. 대충 넘겨봤더니 아무래도 제목이 친구니까, 친구를 주제로 여러 편이 수록된 중단편집 같다. 한 편만 골라 읽기로 한다. 〈봄의 부두에서 태어난 새는〉.

츠유코는 개항 기념 축제 때 학교에서 공연할 연극 마테를링크의 〈파랑새〉 가운데 개 치로 역할을 맡았다. 엄마가 학교에서 돌아와 쫑알쫑알 떠드는 츠유코에게, 그래 배역이 뭐니, 하고 문자 가방끈을 머리 위로 넘기며 "개!"라고 대답하는 장면이 유머러스하다. 개 역할은 주인공 틸틸과 미틸 다음으로 중요한 배역이지만, 사실 츠유코의 속마음은 틸틸 역을 하고 싶었다. 그 틸틸 역을 맡은 아

이는 마을에서 제일 큰 호텔의 딸 후에코이다. 츠유코는 각자 준비해야 하는 의상 제작에 누구보다 공을 들여 배역의 격차를 극복하려 하지만, 자신이 만든 얼룩무늬 땡땡이 의상은 후에코의 귀족 도련님 풍 늠름한 복식에 비하면 그저 지극히 평범한 바둑이에 불과했고, 결국 츠유코는 울음을 터뜨리고 만다. 그렇게 뭔가 억울하고 질투가 나는 자신이 싫고 복잡한 마음에 후에코와 서먹서먹하게 지내며 연극 연습을 하게 된다. 그런데 어느 날 후에코의 부모님이 언덕 너머 격리 병원에 입원했다는 소식을 듣게 되고, 드디어 〈파랑새〉 연극 공연 당일, 아이들이 병이 전염될 수 있다는 걱정 때문에 후에코의 손은 잡고 싶지 않다는 얘기를 들은 츠유코는 용기를 내어 후에코의 병은 이미 완치되었다고 아이들을 꾸짖고, 보이지 않는 후에코를 찾아가 어느 교회당에서 둘만의 아름답고 경건한 최종 리허설을 갖는다. 드디어 막이 오르기 직전, 츠유코의 바둑이 의상에 달린 꼬리가 그만 떨어져버려서 안절부절못하는데, 후에코가 자신의 허리에 두른 비단끈을 풀어 꼬리 대신 풍성한 리본을 만들어주고, 츠유코도 머리끈을 풀어서 후에코의 가슴에 앙증맞은 리본을 묶어준다. 공연을 성공적으로 마친 그날 밤, 오랫동안 운영되지 않았던 후에코가 사는 호텔의 모든 창문에 불이 환하게 켜졌고, 다음 날 후에코는 학교에 등교하지 않는다. 호텔이었던 건물에는 다른 간판이 내걸렸고, 아마도 후에코 가족은 미국으로 건너갔을 거라고 츠유코는 생각한다.

걸작이다. 눈앞에 두고도 계속 사무치는 그리운 마음을 갖게 하는 그림체다. 책장을 덮고 매만지는 손길에서 감수성이 샘솟는 느낌이 생생하다. 옆자리에 츠유코 또래의 친구가 있었다면 나 대신 이 책을 잠깐 소중하게 안아주지 않겠니, 부탁하고 싶을 정도다. 책상에 팔베개하고 엎드려 한잠 자면 츠유코와 후에코가 꿈에 등장해 착착착 격조 높은 춤을 출 것만 같다. 감동을 받은 건 받은 거고 그렇다고 해서 도서관을 나서며 괜히 세상이 아름답게 느껴지는 기분에 휩싸이기는 싫으니까, 감동의 여운이 다 가라앉을 때까지 한동안 도서관을 천천히 둘러보고, 다시 다소 울적한 평상심을 되찾았을 즈음 밖으로 나왔다.

가나자와 변두리 동네가 걷고 싶어져서 시내버스를 탔다. 잠깐 졸았다가 너무 크게 꾸벅여서 잠이 깼고, 다시 스르르 잠이 왔지만, 정신을 차리고 잠을 쫓았다. 차창 밖에 중국인으로 보이는 많은 관광객이 좁은 골목으로 졸졸졸 들어가는 모습이 보였다. 이대로 버스에 계속 타고 있으면 쏟아지는 잠을 결국 못 이길 것 같아서, 어디 중국 단체 관광객 코스를 체험해보는 것도 괜찮겠다 싶어 이번 정류장에서 내렸다. 골목길을 빠져나가자 사찰이 나왔다. 그렇게 넓지 않은 경내가 중국인들로 복작복작했다. 외관은 어디에서나 흔히 볼 수 있는 동네의 작은 절인데, 사찰 안에 귀한 국보라도 있는 건가. 안내판을 읽어봤다. 그렇군. 외부 침입에 대비해 요새 같은 복잡한 구조로 지은 독특한 건축 양식의 사찰인가 보다. 많은 계단과 미로 같은 복도와 그 구조가 미묘하다고 한다. 아, 그래서 사찰 이름이 妙立寺(묘립사)구나. 관광객들 사이에서는 Ninja Temple이라고도 불리나 보다. 그제야 젊은 관광객 몇몇이 표창을 던지는 동작과 손을 이리저리 놀리는 포즈를 취하며 까부는 모습이 하나둘 눈에 들어왔다. 들어가 구경해볼까. 입구 앞으로 가봤다. 입장료 천 엔. 됐다. 절 입구 앞 가게 창문에 비닐 포장도 뜯지 않은 똑같은 헬로키티 인형이 네 개나 놓여 있다. 잠깐 일본 주택 창가 장식 문화로 착각했다가 그럴 리 없지. 그냥 오랫동안 팔리지 않은 인형을 창가에 둔 것 같다. 마음에 드는 건지 아닌 건지 헷갈려서 오래 쳐다봤다. 마음에 든다.

　　　　기념품을 파는 듯한 오래된 가옥 유리창에 눈길을 끄는 사진이 붙어 있어서 봤다. 촛불 불빛이 신기하게 여러 색깔이다. 레인보 양초? 미닫이문이 스르르 열리더니 아흔 살쯤 되어 보이는 노인이 들어오라고 손짓한다. 평소 같았으면 사양했겠지만, 미소가 지나치게 인자해서 차마 거절하지 못하고 안으로 들어갔다. 들어가자마자 노인은 자신이 세계 최초로 개발한 레인보 양초에 대해 설명하기 시작한다. 동그랗고 납작한 초에 꽂혀 있는 침 위에 뜸같이 생긴 고체에다 불을 붙이자 서서히 불빛이 초록, 주황, 빨강, 노랑으로 타기 시작한다. 사 분 정도 이 불빛을 유지하다가 보통의 촛불로 돌아간다고 한다. 그리고 레인보 불빛의 원리에 관해 설명하는데, 거의

못 알아듣겠다. 라듐이니, 연소니, 화학 용어가 나오는 걸 보니 아마도 금속이 기화할 때 발생하는 독특한 색깔과 발화점의 차이를 이용해서 개발한 고체 연소물질을 양초에 응용한 것 같다. 결혼식이나 큰 행사에서 대량으로 불을 붙이면 참 멋지다고 한다. 용건을 다 말씀하셨는지 갑자기 침묵. 아, 사지 않을 수가 없다. 다행히 마음에 쏙 드는 물건이기는 하다. 나는 비실용적이면서 쉽게 고장 나고 금방 사라져버리는 물건을 선물하는 걸 좋아하니까. 다섯 개 샀다. 가게에서 나와 다시 어디를 갈지 생각하다가, 가만히 보니 결국 오늘도 평소와 다름없이 되는대로 다니고 있는 것 같아서, 이제 생각은 그만하고 발길 닿는 대로 가보자, 마음먹고 건널목을 건너갔다.

이별

아무 말도 하지 않았다. 날이 저물었고, 아무 일도 일어나지 않았다. 안개가 자욱한 밤이었다. 아무도 없었다. 시간은 똑같이 흘렀지만, 괜찮았다. 아무렇지도 않았다. 문틈 사이로 새어 나온 빛줄기에 발이 걸려 넘어졌다. 아플 뻔했지만, 아프지 않았다. 멀쩡했다. 그랬으면 좋겠다. 착각일 수 있다. 아니라도 상관없다. 차라리 착각을 거듭하는 편이 낫다. 비단잉어를 밟고 다니던 청둥오리가 생각난다. 아무 때나 자주 생각났으면 좋겠는데, 그렇게 될 리가 없다. 만만치 않은 일이다. 아무튼 청둥오리의 발은 빨갰다. 홍백과 다이쇼삼색을 익숙하게 밟고 다녔다. 아무래도 비단잉어들이 뭍으로 올라오는 길목을 막고 있어서 그럴 수밖에 없어 보였다. 결국 시간은 이렇게 흘러가기 마련이다. 어차피 시간은 그럴 수밖에 없다. 어찌할 도리가 없다. 부엌으로 물을 마시러 가는 길에 바닥에 떨어져 있는 비닐봉지가 토끼로 보였다. 비닐봉지를 가끔 고양이로 착각하곤 하지만, 토끼처럼 보인 건 처음이었다. 물을 마시며 토끼에게 물을 주면 죽는다는 잘못된 속설은 어쩌다

퍼지게 됐을까 생각했다. 부엌에 온 김에 잠시 부엌에 있기로 했다. 식탁 의자에 가만히 앉아 있는 것만으로 충분했다. 곧장 부엌 불을 끄고 방으로 돌아가지 않아서 다행이었다. 방에서 음악 소리가 들려오지 않았더라면 더 나았을 텐데, 윗집 아이의 좀처럼 늘지 않는 피아노 연주처럼 방해됐다. 창문 밖이 새하얗다. 손을 뻗으면 손끝이 사라질 정도로 하얗다. 새 한 마리가 저 안개 속을 날아다녔으면 했다. 방향을 잃고 어찌할 바를 모른 채 공중에 머물러 있었으면 했다. 방으로 돌아왔다. 방으로 돌아올 수밖에 없었다. 깎아놓고 한 번도 쓰지 않은 연필 심 끝을 쳐다봤다. 한 이삼 년 된 것 같다. 뾰족했다. 어딘가 빠져들 만한 구석이 있었다. 그림을 잘 그렸다면 저 연필로 뭐든 그렸겠지. 그랬다면 오랫동안 저렇게 뾰족한 채로 남아 있진 않았을 텐데. 안개를 그렸을까. 안개를 그리기 위해 숲을 그렸을까. 전부 다 저 연필의 뾰족함 탓으로 돌리고 싶었다. 창문을 열어 안개 속으로 연필을 집어던졌다. 내가 연필로 할 수 있는 유일한 일 같았다.

눈

눈을 감자 앞이 보이지 않을 정도로 눈이 날렸다.

앞장서 눈길을 걸어가던 사람이 엉덩방아를 찧었다. 쌤통이다.

일어날 생각을 하지 않고 그대로 누워버린다.

얼른 달려와 손잡아주지 않고 뭐 하냐는 시선이 곡사포처럼 날아왔다.

운동신경이 좋지 않은 나는 서두를 마음이 없고

누워 있는 사람을 내버려두고 가던 길을 조심조심 간다.

잡아달란 뜻이었는지 누운 채 두 손을 들고 있던 사람이 벌떡 일어난다.

야! 너 정말. 그러고 웃음을 터뜨린다.

폭설 속에서도 나의 유머에 관대한 사람이 고마웠다.

뒤돌아보자 앞이 보이지 않게 눈이 내렸다.

풀밭에 돗자리를 깔았던 자국이 희미해지고 있다. 일본인 여성 둘이서 간식을 먹으며 얘기를 나눴던 자리. 한 사람은 길쭉하고 한 사람은 동그래서 최근에 읽은 다카노 후미코의 만화책 《루키상》에 등장하는 두 주인공 같았다. 재밌고 다정한 사이였으면 했다.

개울에 담갔던 발의 물기가 마르는 동안, 언젠가 냇가를 함께 걸었던 사람이 떠올랐다.

멀리서 집오리 울음이 들렸다. 같이 걸어가던 사람이 걸음을 멈추고 호주머니를 뒤집어 먼지를 털었다. 천 원을 떨어뜨리기에 주워 건넸더니 잠깐 기다리라는 손짓을 해서 기다렸다. 뒤집혔던 호주머니가 제자리를 찾는 모습을 보고 그대로 한 손에 쥐고 있던 천 원을 다시 건네자, 어디 모서리가 자꾸만 찌르는 것 같아서 잠깐만 가지고 있으라고 했다.

그럼 이거라도 대신 넣고 있을래요?

산책을 나선 무렵부터 다른 손에 들고 만지작거리던 감잎을 내밀었다. 피식 웃어버린다. 그렇게 수택(手澤)의 감잎은 호주머니 속으로 들어갔고, 초가을 하늘 역시 하나도 접히는 데 없이 높다랬다. 그런 날이 있었다.

숙소로 돌아가는 길에 건물 위로 솟아오른 저것은 뭐가 저렇게 노랗고 동그랄까?

달. 아무리 봐도 달 같지가 않아서 한참 달을 봤다. 달을 보는 시간이 오래 흘렀는데도 방금 달을 알아봤다는 투로, 달 봐, 하고 혼잣말을 했다.

가로수 나뭇가지 끝에 연초록 비닐봉지가 걸려 있다. 저녁 빛을 다 받아내는 저 투명은 아름답나. 샛노랗게 새빨갛게 아무리 단풍이 들어도 저 투명을 물들일 수 있을까.

지나가던 바람이 언뜻 붉어진 것 같다. 숙소에 도착하기 전에 고양이를 만날 수도 있겠지. 오늘은 주머니에 캔이 있으니까.

아보카도를 만지며 산책을 합니다

1판 1쇄 발행 2018년 10월 22일

지은이   선재서
펴낸이   윤혜준
편집장   구본근
고문   손달진

펴낸곳   도서출판 폭스코너
출판등록   제2015-000059호(2015년 3월 11일)
주소   서울시 마포구 월드컵북로 400 문화콘텐츠센터 5층 15호 (우 03925)
전화   02-3291-3397 팩스 02-3291-3338
이메일   foxcorner15@naver.com
페이스북   www.facebook.com/foxcorner15

디자인 오필민디자인 본문 일러스트 최청운
종이 광명지업(주) 인쇄 수이북스 제본 국일문화사

ISBN 979-11-87514-19-0 03810